培养想象

The Educated Imagination

[加拿大] 诺思罗普·弗莱 – 著
李雪菲 – 译

Northrop Frye

中国华侨出版社
北京

图书在版编目（CIP）数据

培养想象 /（加）诺思罗普·弗莱著；李雪菲译
. -- 北京：中国华侨出版社，2018.9
ISBN 978-7-5113-7758-6

Ⅰ. ①培… Ⅱ. ①诺… ②李… Ⅲ. ①文学－教学研究 Ⅳ. ① I-42

中国版本图书馆 CIP 数据核字 (2018) 第 203694 号

培养想象

著　　者：［加］诺思罗普·弗莱
译　　者：李雪菲
责任编辑：姜薇薇
特约编辑：黄　洁　谢小谢
装帧设计：COMPUS · 道辙
经　　销：新华书店
开　　本：787mm × 1092mm　1/32　　印　　张：4.375　　字　　数：59 千字
印　　刷：山东临沂新华印刷物流集团有限责任公司
版　　次：2019 年 5 月第 1 版　2019 年 5 月第 1 次印刷
书　　号：ISBN 978-7-5113-7758-6
定　　价：39.00 元

中国华侨出版社　　北京市朝阳区静安里 26 号通成达大厦 3 层　　邮编：100028
法律顾问：陈鹰律师事务所
发 行 部：（021）64679493-816　　传　　真：（021）64679493-808
网　　址：www.oveaschin.com　　E-mail：oveaschin@sina.com

“现代人小丛书”策划人言

20 世纪 60 年代以后，全球资本主义进入消费社会时代，奥威尔在《1984》中预言的“老大哥”的普遍统治并没有出现，但赫胥黎所预言的《美丽新世界》却欣然降临，人们生活在感官刺激的消费景观中，而自己也欢乐地成为这景观的一部分却不自知。

300 年的现代性给人类社会带来巨大进步，许多过去年代不可想象的权利和自由成为人类生活不可或缺的基本内容，但它的问题也伴随着这些进步同时裸露出来，成为这个时代不可摆脱的困惑。

“现代人小丛书”的作者是一群世界一流的知识分子和专家，他们从各个不同的与日常生活紧密相关的领域或问题出发，向公众提供面对后现代社会诸多问题的基本知识和批判性思考。它不是一套传统的公民读本，它讲述的是即便人们已经有了基本政治权和社会经济权之后，现代社会依旧没有摆脱的工具理性的“铁笼”命运，而生活在其中的人们，当如何面对这些命运。在残缺的人性和不够坚强的道德理性面前，如何坚持对一种好生活的塑造。

这套书是理解今天之现代性的批判性思考，它应该成为今日社会的普遍知识，以帮助每个现代人在今天充满困惑的生活中保持批判的理性和审慎的乐观，以及，更重要的，保持并回归真正自我的本真。

目 录

致谢

本书作者在行文中引用了多位诗人的作品。为尊重版权起见，出版社已获得重印这些作品的权利，在此向授权方一并致谢：

第 18—19 页《比喻的动机》，出自《华莱士·史蒂文斯诗集》(*The Collected Poems of Wallace Stevens*)，由阿尔弗雷德·A. 克诺夫出版社（Alfred. A. Knopf, Inc）授权，华莱士·史蒂文斯 1947 年版权所有。

第 38 页“一个故事，唯有一个故事……”，出自罗伯特·格雷夫斯的《冬至致阮》的节选（收录于 1955 年 International Authors N. V. 出版的《诗集》)，由 International Authors N. V. 授权使用。

第 41 页“倘我如楔子尖峭顶端一般锐利坚

硬……”，出自《D. H. 劳伦斯诗歌全集》（*The Complete Poems of D. H. Lawrence*），由劳伦斯波林格尔有限公司以及已经过世的弗丽达·劳伦斯女士（Mrs. Frieda Lawrence）遗产授权。

第 41—42、54 页，“一个衰颓的老人只是个废物……”（《驶向拜占庭》）及“带哀伤红唇的女孩起身……”（《爱的忧伤》），选自《W. B. 叶芝诗集》（*Collected Poems by W. B. Yeats*，麦克米伦公司），由出版方授权。

第 53 页 G. K. 切斯特顿所作“我也有过好时辰……”，选自《狂野的骑士及其他诗歌》（*The Wild Knight and Other Poems*），由 D. E. 柯林斯小姐（Miss D. E. Collins）和邓氏父子公司（Messrs. J. M. Dent & Sons）授权。

第一讲　比喻的动机

在过去的25年间，我一直都在一所大学教授和研究英语文学。就像从事任何其他工作一样，有一些问题始终萦绕在我的脑海，这并不是因为人们总是问起这些问题，而恰恰是因为这份工作会让我们想到这些问题。文学研究有什么好处？它是否能帮助我们进行更加清晰的思考，拥有更加敏锐的感受，或是过上一种比没有文学更加美妙的生活？教师、学者，或是像我这样自诩为文学批评者的人有什么作用？文学研究为我们对于社会、政治或宗教的看法带来什么改变？早些年，我很少思考这些问题，倒不是因为有了什么答案，而是因为我认为问出这些问题的人是幼稚的。现在我则认为，最简单的问题不仅仅是最难以回答的，还是最重要的，所以，我接下来就要提出这些问题，并且试着给出自己现有的答案。之所以是试着给出，是因为对这些问题，人们只能给出不怎么完备的答案——没有正确答案。文学提出的问题都不是可以“解决”的问题。不管我的答案是否有可取之处，它们都展现了对这些问题相当程度的思考。鉴于我无法看到听众们，就只得在不知情的情况下选择自己的修辞风格。现在，我选择采用讲课式的风格，因为学生是最让我感到自在的听众。

我尤其想和你们探讨两件事。在英语国家的学校和大学里，有一门叫作“英语”的科目。英语首先意味着母语。这样看来，它是最实用的科目：没有英语，你就什么都不能理解，也无法参与社会中的任何事情。在任何不识字会带来问题的地方，它都会是根本性的问题，就像要吃饱、要有地方住一样。对本土语言的学习优先于对任何其他科目的学习：任何其他东西都不会比它更加有用。但是，之后你们就会发现，在任何发达的或者文明的社会，每种母语都会演变成一种被称为“文学”的东西。如果你们继续学习“英语”，就会发现自己在尝试阅读莎士比亚和弥尔顿（Milton）。人们告诉我们，文学和绘画、音乐一样是一种艺术；而当你查出所有疑难词汇和典故，明白诸如意象、措辞（diction）之类的词究竟表示什么意思之后，人们教导你们，被用于理解文学的是你们的想象。到这里，你们就不再处于那个实际的、有用的领域了，不管莎士比亚和弥尔顿有多少好处，他们都不属于你们在社会里为了拥有一席之地而必须知道的事情。一个对文学一窍不通的人可能是个无知的人，但许多人并不介意成为这样的人。每个孩子都会意识到，文学将自己导向了和最实用的事情所不同的方向，并且，许多孩子对此满是怨言。所以，我想探讨的两个问题就是：第一，作为母语的英语和作为文学的英语有什么关系？第二，文学研究的社会价值在哪里，以及在学习过程中，文学将自身导向的想象之地是什么？

让我们从看待我们生存的世界的不同方式开始吧。假设你遭遇了海难，困在了南太平洋（South Pacific）一个荒无人烟的岛上。你做的第一件事，就是好好地观察自己周围的世界，这个由天空、大海、土地、星辰、树木和山丘所组成的世界。在你眼里，这个世界是客观的，它的存在是同你相对立的，它不是你自身，也绝不会同你有任何关联。对于这个客观的世界，你会注意到两件事。首先，这个世界没有对话。它充满了动物、植物和昆虫，它们各忙各的，但是没有什么会回应你。这个世界没有道德，也没有智识，或者至少没有你能够理解的道德和智识。它可能有自己的形态和意义，但不像是人的形态或人的意义。即使那里有充足的食物，没有危险的动物，你在这样一个世界里仍然会感到孤独、恐惧而多余。

其次，你会发现，观照这个世界，将它看作同你相对立的事物，会使你的心智一分为二。你的理智对这个世界感到好奇，希望对它进行研究，而你的感觉或情感则会把它看作美的、严酷的或糟糕的。你知道，这两种态度都具有现实意义，至少对你而言。如果你是在一艘西方的船只上遭遇的海难，你很可能会感到你的理性更多地说明了外在世界实际有什么，而情感则更多地说明你的内心发生了什么。如果你拥有东方背景，那你很可能会颠倒过来，认为美或者恐惧是真实存在的，而计数、分类、衡量、批判的本能才是内在于自己的心智的。但是，不论你的视角是西方式还是东方式，只要你在单纯地观照世界，你的理智和情感就永远不会在心智内部统一起来。它们交替作用，使你在二者之间分裂。

你在心智这个层面上使用的语言是意识和认知的语言。它在很大程度上是由名词和形容词构成的语言。你需要为事物命名,也需要诸如“湿的”“绿的”“美的”等性质来描述事物在你看来是什么样。这是心智的推测或沉思模式，艺术和科学就起源于此，尽管它们并不会在此久做停留。科学的开端就是接受关于外在世界的事实和证据，而不是尝试改变它们。科学通过准确地测量和描述开展，并且追随理智而不是情感的要求。它所处理的对象就在那里，不管我们是否喜欢它。情感则是非理智的，对情感而言，个人喜好排在首位。我们会自然而然地倾向于认为艺术追随情感的道路，与科学恰恰相反。在一定程度上的确如此，不过，还有一个因素使问题更加复杂。

这个因素就是“我喜欢”与“我不喜欢”二者的对立。在我给予你们的鲁滨孙·克鲁索（Robinson Crusoe）[1]式的生活中，你可能会拥有十分平静和喜悦的心情，这种心情出现在当你接受了你的小岛和身边的一切的时候。你不会频繁地拥有这种心情，当它出现时，一定是一种认同的心情，即你感到这个小岛和你互为对方的一部分。这不是意识和认知的感觉，意识和认知会使你感到同一切不属于自我的东西相分离。你惯常的心智状态就是有意识的分离感，“这不是我的一部分”的感觉很快变为“这不是我想要的”。请注意“想要”这个词：我们很快还会回到这个词。

1　鲁滨孙·克鲁索，18世纪著名小说《鲁滨孙漂流记》的主角，该书主要讲述了鲁滨孙漂流到荒岛后求生的经历。（本书注释除特别注明外，均为译者注）

这样，你很快就意识到，你实际生存的世界和你想要生存的世界之间存在着差异。你想要生存的世界是一个人的世界(human world),而不是一个客观世界；它是一个家，而不是一种环境；它不是你所见的世界，而是你由所见而建造出的世界。你要建造一个庇护之所或种植一个花园，并且，一旦开始这项工作，你就进入了人类生活的另一个层次。你不仅将自己同自然相分离，还在建造人的世界，并使人的世界与世界的其他部分相分离。现在，你的理性和情感都参与了同一种活动，它们之间不再有什么真正的区分。只要你种植了一个花园或一株玉米，你就会产生“杂草”的观念，即你不想要的植物。但是，你无法说明“杂草”究竟是一个理性概念还是情感概念，因为它二者皆是。进而，你之所以工作，是因为你感到必须工作，因为你想要在工作结束后有所收获。这意味着，你生活中的重要范畴不再是主体和对象，观看者与被观看的事物：重要的范畴是你必须做的事情和你想要做的事情，即必要性和自由。

孑然一身的人不是一个完整的人，所以，我会再安排给你另一位不同性别的海难遇难者，最终是一个家庭。现在，你就是人类社会的一员了。这个人类社会在一段时间后会将小岛转变为具有人类形态的东西。你们工作的形态会揭示出这种人类形态是什么：建筑物，穿越树林的道路，种下的用围栏围起以防动物偷吃的庄稼，诸如此类。这些事物是城市、高速公路、花园、农场的雏形，它们是自然的人类形态，或者人类的自然形态，看你喜欢怎么说。这就是应用艺术和科学的领域，在我们的社会里，它表现为工程、农业、医药业和建筑业。在这一领域，我们永远无法清楚地说明艺术与科学的分界线在哪里。

你在这一层面使用的语言是实践的语言，它由动词或者表示行动和运动的词构成。然而，在实践世界中，行动比语言更加有力。从某种程度而言，实践的世界是比设想的世界更高一层的存在，因为它对这个世界采取行动，而不仅仅是观察世界。但是，就其自身而言，它又意味着一个更加原始的层面。它是适应环境，或者说，按照对我们的物种有益的方式改造环境的过程，动物、植物和人类都有这一过程。动物拥有许多我们所有的实践技能：有些昆虫是精巧的建筑师，海狸对工程学了解甚多。在这座岛上，你很可能只是一个次级的生物，如果只有你孤身一人，那就必定如此了。真正使我们的实践生活变得人性化的是心智的第三层次，意识和实践技能在那里得以交会。

这个第三层次是你想建造的东西在心智中的图景或者模型。我们又碰到了“想要”这个词。人类的行动是由欲望驱使的，有些欲望本身也是需求，比如食物、取暖和住所。性欲也是需求之一，它是想要繁衍、产生更多人类的欲望。然而，还有一种欲望，它想要实现某种人的社会形态：这种形态由城市、花园和农场构成，即我们所称的文明。许多动物和昆虫也拥有这种社会形态，但是人类意识到自己拥有它：他能够对照自己在做的事情和在想象中已经完成的事情。这样，我们就开始看到，想象在人类事务的规划中处于什么地位。想象是建构人类经验的可能模型的力量。在想象的世界里，任何在想象中拥有可能的事情都会存在，但没有什么会真实发生。如果事情发生，那它就将离开想象的世界，进入行动的世界。

现在，我们拥有了心智的三个层次，并且每一层次都拥有一种语言。在英语国家，这意味着每一层次都拥有一种英语。在意识和认知的层次，最重要的是我与其他东西的区别。这一层次的英语是普通对话的英语，绝大多数是独白，只要你偷听一下别人的谈话或者倾听一下自身，就会很快意识到这一点。我们将其称为自我表达的语言。随后是社会参与的层次，老师、牧师、政客、广告商、律师、记者、科学家使用的工作语言或专业术语。我们已经将这种语言命名为实践语言了。之后是想象的层次，它产生诗歌、戏剧和小说的文学语言。当然，它们并非真的是不同的语言，而是使用语言的三种不同原因。

也许我们可以在这一基础之上区分艺术与科学。科学始于我们生存的世界，它接受其中的数据，并且尝试解释其法则。它由此逐渐走向想象，成为某种心灵的构造物，某种阐释经验的可能模式。它在这一方向走得愈远，就愈倾向于使用数学的语言，这实际上和文学与音乐一样，都是想象的诸多语言中的一种。与之相对的是，艺术起源于我们建造的世界，而不是我们所见的世界。它起源于想象，随后向普通经验靠近：也就是说，它试图让自己尽可能地令人信服、易于辨识。你可以明白，为什么我们倾向于将科学看作理智活动，而将艺术看作情感活动：前者始于实际存在的世界，后者则始于我们想要的世界。在一定程度上，科学的确以理智的视角看待现实，而艺术则以科学对待理智的方式试图使情感明晰可控。然而，将科学家看作冷血无情的推理者，认为艺术家无时无刻不处于情感的迷狂之中，这显然都是无稽之谈。你不能够通过科学家和艺术家采用的心理过程来区分艺术和科学：它们都作用于直觉和常识的混合物。在心理和其他方面，高度发展的科学和高度发展的艺术都非常接近。

尽管如此，艺术与科学起源于相反的发端，哪怕它们会在中途相遇，这就导致二者间存在一个重要的差异。科学在发展的过程中越来越多地了解世界：它在演进和改善。今天的物理学家，哪怕他并不是一个伟大的科学家，也比牛顿拥有更多的物理知识。然而，文学起源于经验的可能模型，它所产生的是我们称作经典的文学模型。文学不会演进和发展。在将来，可能会有剧作家创作出和《李尔王》一样优秀、但并不与之相同的作品，然而，戏剧就其整体而言，不会超越《李尔王》。只要谈及戏剧,《李尔王》就是它的代表；早于《李尔王》

2000年创作的《俄狄浦斯王》也是如此，只要人类繁衍不息，这二者就是戏剧创作的模型。社会状况可以得到改善：我们当中的绝大多数都宁可生活在19世纪的美国，而不是13世纪的意大利，并且，我们认为惠特曼（Whitman）对民主的欢呼要比但丁的《神曲·炼狱篇》更为言之有理。但是，这并不意味着惠特曼是一位比但丁更优秀的诗人：文学不会赞同这一类的进步。

这样，我们就发现，任何随时间而改善的东西，包括科学在内，都将文学家冷落在一旁。作家似乎并没有从科学的进步当中获得很多益处，尽管他们逐渐克服了种种迷信。在20世纪，你自然也不会寄希望从当代诗人那里得到指引或领导。你不会去找D. H. 劳伦斯（D. H. Lawrence），他会告诉你仆人遭受鞭打是件好事，因为这会重建主仆之间宝贵的血脉联系。你也不会去找T. S. 艾略特（T. S. Eliot），他会告诉你，为了有一个繁荣的文化，我们应当教育一批精英，使绝大多数人聚居在同一个地方，并且永远不要解散英国教会（Church of England）。小说家似乎更为接近他们生存的世界，但并没有十分接近。这也是在谈论资产阶级文化的衰败时总会涉及的事情。然而，其他的作家也并没有好到哪里去，只是更加沉闷罢了。所以，真正的问题是一个更大的问题。像我们这样的科学文明，是否可能最终超越并不再需要文学，尤其是诗歌了呢？人总是想要飞行，几千年前，人们就雕塑出带翅膀的牛，讲述着有人借助人造的翅膀飞得太高，以致翅膀被太阳熔化的故事。在一部距今 1500 年的印度戏剧《沙恭达罗》（*Sakuntala*）中，有一位神坐在战车里到处飞行。对现代读者而言，这很像一架私人飞机。作家具有如此想象力是非常有趣的事情，但是，既然我们已经拥有了私人飞机，是否还需要这样的故事呢？

这并不是一个新的问题：它由托马斯·洛夫·皮科克（Thomas Love Peacock）于 150 年前提出，他自己就是一位非常出色的诗人兼小说家。他以戏谑的风格写作了一篇名为《论诗的四个时代》（*Four Ages of Poetry*）的短论，其中提到诗歌是在人类的幼年时期唤起其想象力的心灵玩具，但在如今的科技时代，诗人的社会功用早已完结。皮科克说："我们时代的诗人，是文明社会中的半野蛮人。他生活在过去的时代。他的观点、思想、感受和联想都带有野蛮的方式、过时的习俗，以及分崩离析的迷信。他的理智的行进有如螃蟹一般在后退。”皮科克的短论使他的朋友雪莱（Shelley）感到不安，后者写作了另一篇题为“诗的辩护”（A Defense of Poetry）的随笔对其进行反驳。雪莱的短论是一篇非常精彩的文章,但是它不太可能说服那些需要被说服的人。文学在当今世界有什么意义？我会在这个问题上花费大量的时间，并且只能简要地点出我的回答的总体思路。我现在可以讲两点，一点很简单，另一点更难一些。

简单的一点是，文学属于人们建造的世界，而不是人们看到的世界；它属于人的家园，而不是人的生存环境。文学的世界是一个直接经验构成的具体的人的世界。诗人运用的意象、对象和感官体验要远远多于他运用的抽象观念；小说家关心的是讲述故事，而不是推演论证。文学的世界具有人的形态：在这个世界，太阳在三维的扁平地球（flat earth）边缘东升西落[1]，首要的现实不是原子或电子，而是肉体，首要的力量不是能量或重力，而是爱、死亡、激情和喜悦。作家常常思想简单，他们并不总像我们所设想的知识

1　地平说，古代的一种宇宙学说，与地圆说相对，认为地球是平坦的，人们生活在以这个平面为基础的三维世界里。

分子那样，当然也不会比其他人更多地免于愚蠢或怪异，这点不足为奇。我们关心的是他们写出了什么，而不是他们是什么样，并且，对弥尔顿这个应当很了解诗歌的人来说，诗歌比哲学或科学都“更加简单、更具有感官性并且更为激情洋溢”。

难度更大的第二点将我们带回到我们在南太平洋小岛上时说过的话。我们对这个世界的情感回应在“我喜欢”和“我不喜欢”之间改变。我们说过，前者是一种认同的状态，感到周遭的一切都是我们的一部分，而后者则是正常的有意识的状态，或者分离的状态，艺术和科学由此发源。当“我不喜欢”变成“这不是我想象（imagine）的方式”的一刻，艺术就开始了。我们还同时注意到，具有创造性的心灵和神经质的心灵有许多相同之处。他们都对自己所见感到不满；都认为那儿应当有其他东西，并且都尝试假装这个东西就在那儿，或者让这个东西出现在那儿。这二者间的区别更加重要，不过现在还不到谈它们的时候。

在普通意识的层次上，个体是一切的中心，其四周环绕着所有非他的东西。在实践的层面或文明的层面上，则存在一个人的边界，一个经过培育的具有人类形态的世界，它将丛林隔在栅栏之外，自身则处于天空和大海之间。然而，在想象中，任何可想象的事情都会存在，而想象的边界则是一个彻底的人的世界。在此，我们会充分意识到，我们找回了本已丧失的对周遭环境的认同感（在这种环境中，一切都属于人的心智），或者是一些能与人的心灵相认同的东西。宗教向我们展示了永恒且无限的天堂或乐园图景，它们具有人类文明中的城市和花园的形式，比如《圣经》中的耶路撒冷和伊甸园，它们完全地摆脱了在普通生活中占据很大比重的沮丧和悲惨。我们并不关心这些图景的宗教意义，但是，它们展示出想象的边界是什么。如果你们明白我所说的，就会发现它们也展示出，在人的世界里，想象没有边界。我们说过，飞行的欲望造就了飞机。但是，人们之所以坐飞机，并不是因为他们想要飞行，而是因为他们想要更快地到达其他地方。造就飞机的，与其说是飞行的欲望，不如说是对时间和空间的专制的反抗，而这是一个永不停止的进程，不管季托夫（Titovs）[1] 和格林（Glenns）[2] 能飞到

1 季托夫，苏联第二位环绕地球飞行的宇航员。

2 格林，美国飞行员，他成立了第一家美国航空公司。

多高。

这六讲中每一讲的标题都出自某篇文学作品，对这一篇，我选择的标题是“比喻的动机”（The Motive for Metaphor），出自华莱士·史蒂文斯（Wallace Stevens）的一首诗。原诗如下：

你喜欢在秋日树下，
因为万物都已倦了。
风如跛行者穿过树叶，
重复无意义的词语。

同样，你曾在春日欢喜，
四季初始的事物颜色才半，
微微更亮的天空，正在消融的云朵，
一只孤鸟，月色朦胧——

朦胧之月照亮朦胧的世界
其间凡事都不可被真正表达，
你在此从不曾为你本身
不曾想也不需如此，

渴望变换的狂喜：
比喻的动机，躲避
正午之初的重量，
存在的 A、B、C，

暴烈的性情，红蓝色的
锤子，生硬的声响——
抗拒亲密的钢——强烈的闪光，
生机勃勃，傲慢，致命，主宰的 X。

史蒂文斯在此称为“正午之初的重量”“存在的 A、B、C”“主宰的 X”的就是客观世界，即同我们对立存在的世界。在文学之外，写作的主要动机就是描述这个世界。但是，文学自身运用语言的方式会使它与我们的心灵相关联。一旦你使用了关联性语言，你就开始使用修辞格。如果你说这篇谈话非常干硬、钝重，你就在使用将它同面包和面包刀相关联的修辞格。关联修辞有两种：类比和等同，即两样相似的东西，和两样互相等同的东西。你可以像彭斯（Burns）一样说，

“我的挚爱就像一枝红艳艳的玫瑰”，也可以像莎士比亚一样说：

> 你的清新装点整个世界，
> 春光烂漫你是唯一使者。

前者使用了被称为明喻（simile）的修辞格，后者则是被称为暗喻（metaphor）的修辞格。

在进行描述性写作时，你必须对关联式语言非常谨慎。你会发现，在描述当中很难把握一件东西与其他东西的类比或相似，因为这两件东西的差异和相似一样重要。至于暗喻，当你白纸黑字地说出“此就是彼”，你就彻底地背离了逻辑和理性，因为，在逻辑上，两样东西不可能既是相同的，又还是两样东西。然而，诗人却可以随心所欲、毫无顾忌地运用这两种原始、粗糙而古老的思想形式，因为他的工作不是描述自然，而是向你呈现一个完全由人的心智所吸纳和拥有的世界。因此，他就产生出波德莱尔（Baudelaire）所谓的“具有暗示性的魔法，它同时包含对象和主体，艺术家自身和外在于他的世界”。根据华莱士·史蒂文斯，比喻的动机是一种将人的心智同在它之外的事物进行关联，并最终进行认同的欲望。因为，你唯一的真正的喜悦就是在极少数的时刻感到，虽然我们所知有限，但就像保罗（Paul）所言，我们自身也是我们所知之事的一部分。[1]

1　参见《圣经·新约》中《哥多林前书》13:12，“我如今所知道的有限，到那时就全知道，如同主知道我一样”。(和合本译文)

第二讲 教唱的学校

在上一讲里，我让你们遭遇海难，流落到南太平洋的一个小岛上，并且尝试对心智可能产生的看法进行区分。我提到了三种主要的看法。第一，有意识和认知的看法，它将作为个体的你同世界其他部分相分离；第二，实践的看法，它要在那个世界建立起一种人的生活方式；第三，想象的看法，即你所能想象并且想要的世界的模型或愿景。我还提到，每一种看法都对应一种语言，在我们的社会中，这些语言分别体现为日常对话语言、实用技能语言及文学语言。我们发现，文学语言是关联性的：它运用诸如明喻和暗喻的修辞格，呈现出人的心智和外在世界的认同，想象所关切的主要就是这种认同。

你注意到，我们已经逐渐从小岛回到了 20 世纪的加拿大。你的岛上应该会产生极少数的文学，它们应该都严格地属于实践的类型，就像假如你有瓶子的时候会写在漂流瓶里的信息一样。之所以会这样，是因为你并不是一个真正的原始人：你并不能想象这样的世界，除非从已知的世界出发。我们很快会看到这点的重要性。与此同时，想想鲁滨孙·克鲁索这个 18 世纪的英国人，当时英国有许多商铺店主。鲁滨孙不写诗，而是记日记和记账。

现在，假设你足够原始，以至能够发展出一套真正属于你的想象生活。你首先会以各种方式辨识人的世界和非人的世界。对文学而言，最常见且最重要的就是神，他大体具有人类的形态和性格，但似乎与外在世界有着某种特定的关联，如风暴神、太阳神或树神。有些人将自己与特定的动植物相认同，它们被称作图腾；有些人将某些真实或想象的动物同自然力联系起来，比如公牛或龙；有些人则将控制自然的力量归于一些特定的人群，通常是魔法术士，有时也会归于国王。你也许会说，这些属于比较宗教学或比较人类学的范畴，而不属于文学批评。可我要说的是，它们都来源于一种将人与自然世界进行认同的冲动；它们实际上都是隐喻，并且，在它们不再作为信仰时，甚至在此之前，它们就会成为纯粹的隐喻，成为诗歌语言的一部分。贺拉斯（Horace）[1]在飘飘然的时候曾经说过，只要维斯塔贞女（vestal virgins）还在源源不断地攀上卡比托利欧山（Capitoline Hill）去朝拜朱庇特（Jupiter）神庙，他的诗句就会一直流传下去。

1 贺拉斯，古罗马诗人。

但是，贺拉斯的诗歌比朱庇特的宗教更加持久，而朱庇特正是靠消融于文学当中才得以留名至今。

任何人类社会都绝不会原始到没有文学。只不过，原始文学还没有同生活的其他方面区分开：它仍然楔于宗教、魔法、社会仪式当中。但是，我们可以看到文学表达在这些事物中逐渐成型，构成一个可以说具有创造力的框架，这个框架包含了将会由此诞生的文学。人们讲述关于神的故事，这些故事形成了神话。神带有不同的特点：有狡诈的，有爱嘲讽的，有得意自满的……进入传说和民间故事的是同样类型的人物，随着文学的发展，这些类型的人物也进入虚构小说当中。仪式和舞蹈开始带有戏剧性，最终，独立的戏剧得以发展。用于各种场合的诗歌——战歌、劳动歌、丧葬曲、摇篮曲——变成了传统的文学形式。

这些告诉我们，任何一种文学形式都有其承继，我们可以将它们的发展追溯到最早的时期。作家写作的欲望只会源于在他之前的文学经验，他会从模仿自己所读的东西开始，这些往往是他周围的人所写的东西。这为他提供了所谓的程式（convention），即一种典型的、为社会所接受的写作方式。莎士比亚时代的年轻诗人很可能会写性压抑带来的沮丧，今天的年轻诗人可能会写性欲望的释放，但这两种写作都遵循了程式。在这种程式中写作了一段时间后，他自身特有的对形式的感知（sense of form）就会从原有的关于文学技巧的知识里脱胎而出。他并非无中生有地进行创作，他想表达的任何事物都只能通过一种可被识别的文学方法表达。借助绘画这个例子也许有助于我们更好地理解这一点。自上一个冰河期后，画家就一直存在，我希望他们延续到下一个冰河期：他们展示出人的视域本身各种可以想见的变化，以及为了呈现这一视域所采取的各种创意。但是，绘画的实际技术或形式问题自始至终都没有变过，比如，将某些颜色和形状画在一个通常是长方形的平面上。

文学也是如此。就虚构作品而言，在任何时代或文化中讲故事，使其引人入胜、制造悬念、找到开始和结束的逻辑点，这些打造故事的技术问题都没有大的变化。E. M. 福斯特（E. M. Forster）[1] 曾经评论道，如果不是婚礼或葬礼的铃声响起，小说家很难知道停在哪里。他本可以再加上第三种程式化的结局：获得

1 E. M. 福斯特，20 世纪英国作家。

自我知识的节点，此时，某一人物由于某些关键经验而发觉了关于自身的某些事情。但是，婚礼、死亡及成人礼一直都是具有创造力的想象的聚焦点，在当下和在 1000 年之前都是如此。翻开《圣经》，你很快就会读到法老王的女儿找到婴儿摩西的故事。[1]这就是一个程式化的故事，即英雄的神秘诞生。早在《圣经》诞生之前，人们就这样讲述一位美索不达米亚国王的故事；在希腊神话中，珀修斯（Perseus）的故事也是这样；其后，这个故事传入欧里庇得斯（Euripides）[2]的《伊翁》（*Ion*）；随后，普劳图斯（Plautus）、泰伦斯（Terence）及其他喜剧作家使用了这一故事；之后，这个故事成了虚构作品的一种手法，为《汤姆·琼斯》[3]和《雾都孤儿》所采用，并且一直保持活力。

你注意到，通俗文学，也就是用以消遣的故事，总是高度程式化。如果你拿起一本侦探故事，在读到最后一页之前，你可能不会知道谁是凶手，但你总会在某事真正发生之前就能知道接下来会发生什么。如

1 参见《圣经·旧约》中《出埃及记》2：1-10。

2 欧里庇得斯，古希腊三大悲剧作家之一。

3 《汤姆·琼斯》，18 世纪英国作家菲尔丁的长篇小说。

果你阅读女性杂志里的作品，你会反反复复地读到灰姑娘的故事。如果你阅读惊悚作品，你就会反反复复地阅读蓝胡子（Bluebeard）的故事[1]。要是你读西部故事，你会读到一种田园程式的发展，它在各个时代的作家笔下都会出现，包括莎士比亚。这和塑造人物是一样的。古代神话或原始民间故事中狡诈的或得意自满的神，和在福克纳或田纳西·威廉斯（Tennessee Williams）[2]笔下出现的角色是同一种类型。我之前提到了普劳图斯和泰伦斯，他们是公元前200年的罗马喜剧作家，他们的情节主要源于更早的希腊戏剧。通常而言故事是这样的，一个年轻人爱上了一位妓女，他的父亲坚决反对，但是一个聪明的奴隶骗过了父亲，年轻人得到了这位姑娘。把妓女换成唱诗班歌手，奴隶换成管家，父亲换成安格萨姑妈（Aunt Agatha），你就会得到和P. G. 伍德豪斯（P. G. Wodehouse）小说里一样的情节和人物。伍德豪斯是一位通俗作家，他之所以是一位通俗作家，与他使用套路情节有很大关系。当然，他并不严肃地看待自己笔下的情节；他通

1 蓝胡子的故事，法国著名民间故事，讲述富人蓝胡子杀害自己妻子的故事。

2 田纳西·威廉斯，20世纪美国剧作家，《欲望号街车》的作者。

过使用这些情节的方式来调侃它们；但普劳图斯和泰伦斯也是如此。

这样，我们的原则就是，文学的形式只能来源于其自身，它们不可能存在于文学之外，正如奏鸣曲和赋格这样的音乐形式不可能存在于音乐之外一样。这一原则对于理解我们的文学状况非常重要。在加拿大仍然是一个拓荒者的国家时，人们设想新的国家、新的社会、新的风貌及新的经验会诞生一种新的文学。所以，此后的加拿大作家，包括我在内，都一直在宣称加拿大将会为自己发展出一种全新的文学。但是这些新的事物提供的只是内容：它们并不提供新的文学形式。新的文学形式只能从加拿大人已知的文学当中产生。比方说，1830 年从英国来到加拿大的人们以 1830 年英国文学的程式写作。他们不可能有其他资源：他们不是原始人，也不可能像印第安人一样看待这个世界。他们写出的作品是对拜伦、司各特（Scott）和汤姆·摩尔（Tom Moore）的再模仿，因为这就是他们之前阅读的作家；出于同样的原因，如今加拿大作家的写作也是对 D. H. 劳伦斯和 W. H. 奥登（W. H. Auden）的模仿。

美国也发生过同样的事情，人们曾预想新世界的古老丛林里会诞生新的《伊利亚特》和《奥德赛》。美国人比我们更加幸运一些：他们拥有一些具有高度原创性的作家来创制国家史诗。这些国家史诗与《伊利亚特》或《奥德赛》毫无相似之处，而是诸如《哈克贝利·芬历险记》和《白鲸》这样的作品，它们从迥异于荷马的文学程式中得以发展。不过，它们真的与《伊利亚特》或《奥德赛》毫无相似之处吗？表面上，它们差异巨大，但是你对《奥德赛》和《哈克贝利·芬历险记》了解得越多，就越会惊异于二者的相似性：伪装，从困境脱身的巧妙谎言，激动人心而又常常忽然变为悲剧的冒险，陌生与熟悉的混合，胜过一切灾难的同伴情谊。梅尔维尔(Melville)[1]还费尽笔墨说明他的白鲸如何与希腊神话和《圣经》中的海怪同属一族。

我并不是说文学之中没有任何新鲜事物：我所说的是，任何事物都是新的，但也能被认出与旧的事物同属一类，就像一个新生儿是一个真正的新的个体，尽管他同时也是人类这种常见生物的一个样本，而且

1 梅尔维尔，《白鲸》的作者。

还可以上溯到有史以来的第一批人类。你会问，这意味着什么呢？我有两点要讲。

第一点：你记得我把想象语言，即文学，同产生普通对话的意识语言，以及产生诸如科学和历史这类信息的实践技艺或知识的语言进行了区分。它们都是直呼言语（verbal address）的形式，你会直接地向听话人说话。文学没有直呼，重要的不是你说了什么，而是你怎么说的。文学作者并不传达信息，不论是关于某一主题还是关于他的心绪；他试图使某些事物符合它自身的形式，不论是诗歌、戏剧、小说还是其他。这就是为什么你不能够像写信或写报告一样，按自己的心意来创作文学。这也是为什么，告诉一个诗人应当换一种更便于理解的写作方式是徒劳的。文学作者只能把在他的内心已经成型的东西写出来。认为具有原创性的作家同程式化的作家完全相反，这是一个错误的想法。所有的作家都是程式化的，因为所有作家都面临着将他们的语言从直接言说（direct speech）转变为想象的问题。对严肃的平庸作家而言，程式会使他同其他人更相似；对通俗作家，程式为他们提供了一个可以利用的成规；对严肃的优秀作家，程式使他们将情感和体验从自身当中释放出来并融入文学之中，而文学正是它们的归属。

以下是莎士比亚的同时代人托马斯·坎皮恩（Thomas Campion）的一首诗：

当你必须回归地府的暗影
初来乍到，受人赞叹
诸位丽影将你环绕，
洁白的艾奥普（Iope），欢欣的海伦（Helen），
还有其他人，
听你讲述已经完结的爱情故事，
那玉舌之音可感动冥府；

你会讲述宴饮的喜庆，
甜美青春的假面舞会，纵情狂欢，
骑士们的比武和巨大挑战，
这所有得胜都是为了你的美丽：
当你讲完这些为你所做的光荣之事，
再讲一讲，哦，讲啊，你如何害我丧命。

这首诗以当时爱情诗创作的程式写成：诗人总是爱上顽固且不予回应的情人，她们对爱人的忽视使诗人发狂甚至死亡。这是纯粹的程式，并且试图查出坎皮恩生命中的女人完全是浪费时间，这些诗歌背后不可能有任何真实经验。坎皮恩自己是一位诗人兼批评家，还是会为自己的诗歌谱曲的作曲家。他还是从业者，以法律起家，但后来从医，曾在军队服役过一段时间。换言之，他很忙，没有太多时间让自己被冷酷的情妇杀害。这首诗运用了宗教语言，但不会是坎皮恩自身虔信的宗教。然而，这是一首非常美妙的诗，它就是完美本身。要是你认为程式化的诗只能是文学习作，觉得你能够以生活经验写出更好的诗，我会对你能否成功表示怀疑。但是，我只有谈了第二点，才能解释坎皮恩在这首诗中究竟做了什么。

你在文学中遇到的所有主题、人物和故事都属于一个内在互相勾连的大家庭。想想诸如悲剧、喜剧、讽刺（satire）或传奇（romance）这样的词，你就能明白这句话多么正确：它们都是讲述故事的某些典型方式。你总是在将自己的所有文学经验联系在一起：它们总是会让你想起曾经读过的故事、看过的电影或印象深刻的人物。对我们绝大多数人，在绝大多数时候，这会无意识地继续下去。但是，这种做法在继续这一事实就表明，也许在文学当中，你并不只是一篇接一篇地阅读小说或诗歌，存在一个可以研究的真正的科目（就像科学中的情形），你读得越多，就越了解作为整体的文学。这个“作为整体的文学”的观念还揭示了其他东西。有没有可能对作为整体的文学有一个鸟瞰式的了解（不管多么粗略和简要），即将文学看作一个连贯的研究科目而不仅仅是一大堆书呢？近年来，一些批评家一直在考虑这种提议，并且他们都回到我们刚才提到过的原始文学作为起点。

创造任何艺术品，你都需要一些重复或反复出现的准则：正是它们在音乐中给你节奏，在绘画中给你图案。我们说过，将人类世界和其周围的自然世界进行等同或者找到二者的相似性，这一点同文学息息相关。在自然界中，最明显的重复或反复出现的特征就是轮回。太阳经过天空、沉入黑夜又再回来；四季从春天到冬天再到春天；水由小溪流向大海，再以雨的形式回来。人的生命从童年到死亡，又在新的生命上回归。这样，许多原始故事和神话都会贴近这种轮回，它就像同时纵贯在人和自然界的生命中部的脊柱一样。

神话里充满了一类年轻的神或英雄，他们历经重重艰险并取得成功，随后遭到抛弃、背叛并被杀害，之后再度复活，这是在故事中暗示太阳从天空运行至黑夜的运动，或者四季由春到冬的演变。有时，他们会被一只巨大的海怪吞下，或被一只熊杀死；或者，他们游荡在奇异的黑暗的冥界，随后再次奋力找到了出路。在希腊神话中，这一类的神话出现在珀修斯、忒修斯（Theseus）和赫拉克勒斯（Hercules）的故事里，它们也潜藏在许多《圣经》故事背后。通常，故事里会有一位女性。我之前提到的批评家里，有些人认为这些故事都会回溯到一个简单的神话故事，它可能从未以一个完整故事的形式出现过，但是我们可以由已有的神话和传说重建这个故事。诗人罗伯特·格雷夫斯（Robert Graves）在一本题为“洁白女神”（The White Goddess）的书里就尝试这样做。格雷夫斯有一首题为“冬至致阮”（To Juan at the Winter Solstice）的诗，阮是他的儿子，冬至则是圣诞时分，即一年最黑的时候。这时我们会用木头生火或是将灯挂在树上，这一做法原本是为了保证整个世界的光不会同时熄灭。格雷夫斯的诗是这样开头的：

> 一个故事，唯有一个故事
> 会证明它值得讲述，
> 不论是饱学的诗人，抑或天资聪颖的孩童；
> 所有诗行或次级的愉悦都属于它
> 以其闪耀惊异着
> 那些它们偷偷进入的平常故事

在格雷夫斯版本的唯一故事里，女主角是“洁白女神”，一位同月亮相关的女性形象，有时是少女，有时是妻子，有时是貌美而不忠的女巫或女妖塞壬（Siren），有时是一位下层的老女人或老女巫，就像《麦克白》中的赫卡特（Hecate）和女巫一样。对于我刚刚给你们读过的坎皮恩的诗，格雷夫斯会说，这首诗的文采和力量在于它唤起了这位洁白女神最常见的特质之一：邪恶的女巫在地府对自己情人被杀害的尸体扬扬得意。格雷夫斯说这是文学里唯一值得讲述的故事，他的意思是，宏大类型的故事，如喜剧和悲剧，是以其中的片段开始的。喜剧源于神与女神处在由婚姻结合的幸福爱人的阶段；悲剧源于情人被抛弃并杀害，而“洁白女神”则青春不朽，处于等待着下一位受害者的阶段。

我个人认为，格雷夫斯的故事处于文学的中心位置，但它属于一个更大且更广为人知的故事。为了说明这个故事是什么，我还要把你们带回到那个荒凉的小岛及心智的三个层次，希望这是最后一次。

我说过，你首先会运用理智和情感观看世界。你偶尔会对周围的环境感到认同——“我喜欢”——但更多的时候，你感受到自我意识并且同周围的环境隔断。我提到过鲁滨孙·克鲁索打开他的日记和账本：所有他要记入这个账本的，都是对他的处境有利和不利的事情。现在，我们大概可以明白为什么他认为记录这些很重要了。如果你的新世界属于鲁滨孙的世界，你在这个新世界里发展你的想象，你会从这样的事情开始：我感到与身边的世界是分离且互相隔断的，但是偶尔我会感到它是我的一部分，并且我希望还能再次拥有这种感觉，希望到下次这种感觉不会消失。这就是人们经常讲述的一个故事晦暗模糊的轮廓，即人们如何曾经生活在黄金时代或伊甸园或金苹果园，或者大西洋上一个幸福的岛国，这个世界是怎样失落，以及我们在将来怎样能使它失而复得。我之前说过，这是一种认同感的失落，而诗歌，通过使用认同语言，即比喻，试图将我们的想象带回到那里。不管怎样，这就是很多诗人口中的自己尝试去做的事情。布莱克（Blake）如是说：

> 我的作品的本质是幻想的或想象的；它是还原古人所称的黄金时代的一个尝试。

华兹华斯（Wordsworth）这样说：

> 天堂，极乐之林，
> 幸运之地——正如古时
> 在大西洋主海的寻觅——为何它们只能成为
> 逝去之物的历史，
> 或仅是从未真实存在过的幻想？……
> 我，在喜悦之时到来之前，
> 于孤独的平静中，将会吟唱，

这伟大交融的婚礼之诗。

D. H. 劳伦斯这样说：

倘我如楔子尖峭顶端一般锐利坚硬
受无形的重击驱动，
岩石将裂开，我们将见证奇迹，
我们将找到金苹果园。

然后是叶芝（Yeats）的诗《驶向拜占庭》（"Sailing to Byzantium"），我这一讲的标题"教唱的学校"即出自此诗：

一个衰颓的老人只是个废物，
是件破外衣支在一根木棍上，
除非灵魂拍手作歌，为了它的
皮囊的每个裂绽唱得更响亮；
可是没有教唱的学校，而只有
研究纪念物上记载的它的辉煌，
因此我就远渡重洋而来到

拜占庭的神圣的城堡。[1]

我认为，这个认同感失而复得的故事，就是所有文学的框架。在这个框架里产生了像某位批评家所言的拥有千副面孔的主人公的故事，他的历险、死亡、失踪、婚姻或者复活成为后世虚构作品中传奇、悲剧、讽刺、戏剧的要素，还产生了将会转化为抒情作品等形式的情感情绪，抒情作品一般并不讲述故事。

我们注意到，现代作家很少谈到这些对神圣的黄金城市及幸福花园的愿景，虽然他们在真的提到时也是认真地表达这个意思。他们耗费更多的时间在人的存在的悲惨、沮丧或荒谬上。换言之，文学不仅带领我们重新找回认同感，还会区分这种状态与它的对立面，即我们不喜欢并且想要逃离的世界。文学对这个世界采用的腔调并非说教式的，而是我们所说的反讽式的。反讽的效果是使我们能够高高在上地观看某种形势——比如，在戏剧里，当我们比剧中角色对将要发生什么知道得更多时，这部戏就有了反讽——并且以此使自己至少在想象中远离我们不想参与的世界。

1 查良铮译文。

随着文明的发展，我们越来越关注人类生活，越来越少地意识到我们同非人类的自然的关系。文学反映了这一点，并且，文明越是发达，文学就似乎越与纯粹的人的问题及矛盾相关。古老神话中的神与英雄逐渐黯淡，让位于像我们这样的人。在莎士比亚的作品中，我们还有可以看见鬼魂、说出华丽诗行的英雄，但是，当我们读到贝克特（Beckett）的《等待戈多》时，人们就用平常的言语说话，并且把自己变成了鬼魂。我们必须审察一位作家采用的修辞格、意象和象征，以便意识到，在人类生活的全部复杂性之下，对陌生自然的不安的凝视依然追随着我们；并且，怎样克服这种不安仍然是一个问题。最重要的是，我们必须审察一位作家的作品的整体构思，他采用的标题，他的主旨，即他为什么写这部作品，以便看到文学仍然做着神话在早前做过的工作，只不过在它巨大而朦胧的形态里注入了更为刺眼的光芒与更为深沉的阴影。

第三讲 时间中的巨人

前两讲一直围绕着“文学究竟有什么意义”这个问题展开。当你观看一部莎士比亚戏剧时，你知道像哈姆雷特或福斯塔夫这样的人从未存在过。可能曾经在丹麦有一位名叫阿姆雷特的王子，也可能有某个人叫约翰·法斯托夫爵士（Sir. John Fastolf）——实际上他确实存在，并且在莎士比亚的一部早期戏剧中出现过。但是这些历史人物同莎士比亚的哈姆雷特或福斯塔夫的关系，并不比你与我同他们的关系更近。诗人乐于讲述他人，尤其是有钱有势的人，这样便可以通过将他们写入诗歌来使他们声名不朽。他们这样做有时是对的。如果在希腊军队里真的曾经存在过一位人高马大、脾气很坏的名叫阿喀琉斯[1]的人，他得知自己在3000年后仍然声名远扬，一定会非常吃惊。至于他是否乐意就是另一回事了。假设历史上确实存在一位阿喀琉斯，他至今仍然声名远扬的原因有二：一个原因是荷马曾经写过他；另一个原因是荷马所说的关于他的事情基本都是荒诞不经的。没有人会因为被浸入河水而变得刀枪不入；没有人与河神战斗过；没有人的母亲是一位海仙女。不论是阿喀琉斯、哈姆雷特、

1　阿喀琉斯，荷马史诗《伊利亚特》中的英雄。

亚瑟王还是狄更斯的父亲，任何人只要被写进文学，就会被文学所接管，他在现实生活中是什么样则成为最无关紧要的事情。然而，荷马笔下的阿喀琉斯并非不真实的，即便他不是真实的阿喀琉斯；不真实的人物不会像荷马的阿喀琉斯一样在3000年后仍然如此鲜活。这是我们接下来要处理的问题：我们在文学中碰到的既不是真实的，也不是不真实的。我们有两个词，假想的（imaginary），它表示不真实的，以及想象的（imaginative），它表示作者的创作，这两个词指的是完全不同的事情。

不过，我们可以理解为什么诗人会有特许的说谎者这个称号。诗人这个词在一些语言里的意思是说谎者，我们在文学批评中采用的词——寓言，虚构作品，神话——都意味着我们不相信的东西。维多利亚时期的一些父母禁止他们的孩子阅读小说，因为这不是“真实”的。但是，今天绝大多数讲理的人都不会否认这点，即诗人在使用一个来自历史或真实生活的主题时，有权按自己的喜好进行随意更改。亚里士多德在很早以前就解释了其中的原因。历史学家提出具体的、特定的陈述，比如：“黑斯廷斯战役（The Battle of Hastings）发生于 1066 年。”因而，人们会以他的言语的正确或错误来评判他——或者确实发生过这样一场战役，或者没有；如果发生过的话，那么他所说的时间要么是对的，要么是错的。但是，亚里士多德说，诗人从来不会做出任何的事实陈述，当然更不会是任何具体特定的陈述。诗人的任务不是告诉你发生了什么，而是什么在发生（what happens）：不是发生过什么，而是一直在发生的事情。他会给你典型的、复现的或者如亚里士多德所言的普遍的事件。你不会用《麦克白》来学习苏格兰历史——你用它学习一个人夺得了王国而失掉了灵魂是什么感受。当你碰到像狄更斯笔下的麦考伯（Micawber）[1] 这样的角色时，你不会觉得狄更斯一定认识一个一模一样的人：你觉得在你认识的所有人身上，包括你自己身上，都有一点麦考伯的影子。我们关于人类生活的印象是一点点形成的，对大多数人而言，它们停留在松散无组织的状态。但是，我们常常在文学中找到把这许许多多的现象整合起来，并且让它们凸显的东西，这就是亚里士多德所说的典型或普遍的人类事件的一个部分。

1 麦考伯，狄更斯小说《大卫·科波菲尔》中的人物。

不错，但是它们怎么能解释阿喀琉斯呢？阿喀琉斯除了脚跟便刀枪不入，还是海仙女之子。这些事对任何人来说都不是真实的，那么它们怎么使阿喀琉斯成了一个典型的、普遍的形象呢？这就涉及另一种原理了。我们之前说过，一位作家越写实，他笔下的角色和事件越接近像我们一样的人，他就越擅长反讽。反讽牵涉将作为读者的你们置于比角色更高的位置，这样，你对他们生活的世界看得更加清楚与全面，就可以使你的想象脱离这个世界。荷马笔下的阿喀琉斯展现的是相反的技巧，这里的角色是一位英雄，他远比生活更加高大。阿喀琉斯超越了任何人想要达到的状态，因为他成了一个人所希望成为的人，并且做到了绝大多数人如果足够强大就一定会去做的事情。他并不是一个独立的英雄的肖像，而是人类潜在酝酿着的强烈的欲望、沮丧与不满的力量，这是我们每个人作为人类整体的一分子所共同拥有的东西。因为他代表着这种力量，他就可以成为半神，与自然的关系紧密到拥有一位海里的母亲与一个河中的敌人，并且，还有天神直接对他及他所做的事情抱有兴趣。同时，鉴于他虽然拥有超人的力量，却仍然遭遇了他所不能理解的事情，这也就有了反讽的视角。如今没有人会在意历史上的阿喀琉斯，如果他真的存在的话，但是神话中的阿喀琉斯反映了我们自身生活的一部分。

让我们暂时放下这点，来看看意象的问题。当一位诗人运用一个意象，一件自然中的物品，比如一群羊或一片花田时，会发生什么呢？如果他运用了它们，那他显然会诗意地运用它们：它们会成为诗意的羊群和诗意的花朵，被文学所吸收消化，在文学语言和文学程式内部发展。你在文学中绝不会看到单纯地啃草的羊群或者单纯地在春日盛放的花朵。总有一些运用它们的文学原因，而这意味着人类生活中某些同它们对应、由它们表现或与它们相似的东西。这种自然与人类的呼应就是“象征”（symbol）一词的要义之一，所以我们可以说，只要一位作家在运用意象或者外部世界的事物，他就在使它成为象征。

有许多方法可以做到这一点。在文学之外，还有实践意义上的各种语言结构，宗教、道德、科学及哲学；文学所做的事情之一就是去具象地阐释它们，将它们抽象的观点代入具体的图像和情境之中。当它刻意去做这件事时，我们就拥有了所谓的寓言（allegory），作家在此多少会说道：我真正想说的并不是羊群，当我说羊群的时候，意味着一些政治或宗教的事情。我想到羊，是因为我刚刚在广播里听到有人在唱巴赫的康塔塔（cantata）[1]中的一段咏叹调，它的开头是这样的："好牧羊人看守之处，羊群便可安全吃草。"这段音乐在一个宗教音乐节目单上，所以我想一定有人认为羊群意味着基督徒，而好的牧羊人意味着基督。它们很容易产生这样的意涵，虽然这一支合唱曲碰巧是一首为纪念某位德国王子的生日而作的世俗歌曲，所以好牧羊人实际上指王子，羊群则是他的纳税人。但是，不管寓言是政治的还是宗教的，羊群都是寓言的羊群，只要它们是寓言的，就是文学的。

文学里有大量的寓言，远比我们惯常意识到的要多，但是直截了当的寓言现在已经过时了：绝大多数现代作家不喜欢将他们的意象固定在一个特殊的模式下，所以现代批评家认为寓言有些过于简单化。这是因为，不管文学在阐明道德的、政治的或宗教的真理，

1 康塔塔，一种包括独唱、重唱、合唱的声乐套曲，大都有管弦乐伴奏，也译为"清唱剧"。巴赫创作了约 300 首宗教康塔塔，留存下来的有 200 多首。——编者注

寓言都意味着作家和他的读者需要相当确信这些真理的意义和重要性，从整体而言，现代作家和读者并非如此。

展现某一意象的文学性，更加普遍的方法是去暗示文学中的其他内容。文学倾向于具有高度的暗示性，文学的中心内容，希腊和罗马的古代经典，《圣经》，莎士比亚和弥尔顿，都在反反复复地得到回响。举一个简单的例子：你们当中很多人都会知道 G. K. 切斯特顿（G. K. Chesterton）关于驴的诗，描写了驴是多么笨拙可笑的一种动物，但它并不介意，因为正如诗歌结尾所言：

> 我也有过好时辰，
> 更加浓烈与甜美；
> 耳边声大作，
> 棕枝在脚前。

诗中提到棕枝主日（Palm Sunday）[1] 并不是偶然，这是全诗的意旨所在。只有加入这一指涉，我们才能

1 棕枝主日，复活节前的星期日。

阅读这首诗歌。在其他诗歌中能看到对古典神话的指涉。叶芝早年写过一首题为“爱之忧愁”（The Sorrow of Love）的诗，第二节是这样的：

你来了，带着哀愁的红唇，
随你而来是全世界的泪水，
她艰难前行的船只的困苦，
她丰厚的年华的困苦。

但是，叶芝总是在不断地对他的诗歌，尤其是早年的诗歌修修补补，在他的诗集的最后定稿本中，我们看到的诗句是这样的：

带哀伤红唇的女孩起身，
有如世界的辉煌沾上泪水，
如奥德修斯和艰难前行的船只一般
前定了厄运
如与同伴一起被杀的普里阿摩斯（Priam）
一般骄傲。

早期版本中对文学传统中其他东西的指涉是模糊的，而晚期版本的指涉是准确的，叶芝认为准确的指涉是一种改进。

文学中的引喻（allusiveness）意义重大，因为它表明了我们一直在说的这件事，即在文学当中，你并不是读完一首诗歌或一部小说再接着读下一部，而是进入了一个完整的世界，每部文学作品都是这个世界的组成部分。这对作者和读者都影响巨大。许多人认为，具有原创性的作家总是直接从生活中得到灵感，只有平庸的或模仿他人的作家才会从书中得到灵感。这完全是胡扯：唯一有价值的灵感就是能澄清写作形式的灵感，而它更可能从已经拥有某种文学形式的东西里得到。我们很少找到一首像切斯特顿的诗那样完全依靠典故的诗歌，但是引喻本身在我们的文学经验中随处可见。如果不知道《圣经》及希腊罗马文学中的核心故事，我们仍然能够读书看戏，但是，我们的文学知识不会增长，正如在不学习乘法表的情况下我们的数学知识不会增长一样。这里，我们触及了一个教育的问题，即学生们应当读什么，稍后我们会回到这个问题。

我之前说过，文学当中任何新的东西都是对旧有东西的再塑造。戏剧中最新潮的是荒诞剧，这完全是一种稀奇古怪的写作方式，任何事情都会发生而毫无理性规则。在尤内斯库（Ionesco）的荒诞剧《秃头歌女》（*La Cantatrice Chauve*）中，马丁先生和马丁太太（Mr. and Mrs. Martin）在说话。他们认为他们肯定之前见过对方，随后发现他们当天早上坐了同一班火车，拥有同样的名字和地址，睡同样的房间，并且都有一个两岁的名叫爱丽丝（Alice）的女儿。最后，马丁先生认定他一定是在同失踪已久的妻子伊丽莎白（Elizabeth）对话。这一场景建立在文学中极其牢固的两个程式之上。其一是反讽式的场景，在其中两个人拥有亲密关系，却毫不了解对方；其二则是古老且通常非常老套的手段，批评家们称为“识别场景”（recognition scene），比如长期失踪的儿子和继承人在最后一幕里从澳大利亚回来。尤内斯库的场景之所以好笑，是因为它是对这些人们熟悉的程式的戏讽或走样的模仿。文学的引喻性是其象征性的一个部分，是文学将自然或人类生活中一切事物吸收进自身具有创造力的机体的能力。

另外一首著名的诗，华兹华斯的《我孤独地漫游，像一朵云》（“I wandered lonely as a cloud”），讲述了华兹华斯如何看到一片水仙花，随后发现：

它们常在心灵中闪现，
那是孤独之中的福祉；
于是我的心便涨满幸福，
和水仙一同翩翩起舞。[1]

一旦花朵同人类心灵发生认同，就变成了诗意的花朵。这里，我们有来自自然世界的意象，一片水仙花：它被人的心智所包围，人的心智将它放入了想象的世界。可以说，正是水仙花所绽放出的人类视角和情感的感知赋予了它们诗意的魔法。人的心智起初是华兹华斯的个体心智，但随着诗歌的写作，它成了我们的心智。华兹华斯的诗中没有自我表达，因为诗歌一旦写成，作为个体的华兹华斯就消隐了。这里涉及的普遍原则是，文学当中不存在自我表达。

换言之，文学所接管的不仅是历史人物：诗人也

1 飞白译文。

为文学所接管。正如我们在第一讲中所说，作为个人的诗人并不比其他人更好或更高明。他具有将词语放在一起的特殊技艺，但在此之外，他很可能不会吸引我们的注意力。绝大多数著名诗人的生活都广为人知，其中一些人，比如拜伦，就拥有一些非常公开的情史。但是，将诗人的作品同他的生活进行联系，只具有次要的意义。拜伦给雅典的一位女仆写过一首诗，在雅典的确有一位女仆，一位十二岁的姑娘，她的母亲把她定价为三万西班牙银元，拜伦拒绝这个价钱。华兹华斯写过一些关于一个名叫露西（Lucy）的女孩的好诗，但露西是他编造的。然而，露西就像雅典女仆一样真实。对某些诗人，比如弥尔顿，我们感到一个伟大的人恰好成了诗人，不论他做什么，他都会很伟大。对另一些同样伟大的诗人，包括荷马和莎士比亚，我们只会感到他们是伟大的诗人。我们对荷马的生平一无所知：有些人认为存在两个甚至许多荷马。我们会想到一位盲眼老人，但这一想法源自荷马笔下的某个角色。除了一两个签名、几行地址、一份遗嘱、一份洗礼记录，以及一幅显然是个傻子的画像外，我们对莎士比亚也知之甚少。对于我们阅读和观看的诗歌、戏剧和小说，我们并不将它们同作者建立关联，甚至也不会同我们自己建立关联；我们在作品之间建立关联。文学就是我们要尝试在同一时间建构并且进入的世界。

华兹华斯的诗很有帮助，因为这首诗告诉我们诗人认为自己在做什么事情。这里有另外一首诗，布莱克的《病玫瑰》（“The Sick Rose”），它什么都没有说，只给予你意象：

哦，玫瑰，你病了！
那看不见的小虫
飞翔在黑夜里，
在咆哮的暴风雨中，

发现了你的床
沉湎于猩红色的欢欣，
其黑色的秘密的爱情
毁掉了你的生命。[1]

1 杨苡译文。

哈扎德·亚当斯（Hazard Adams）最近写作了一本关于布莱克的书，他说他曾将这首诗发给一个有 60 个学生的班级，让他们解释诗歌的含义。其中 59 个学生都将诗歌理解为隐喻；第 60 个学生是农学专业的，他认为布莱克在讲植物疾病。现在，只要你试图解读一首诗的含义，你就得在一定程度上将它看作隐喻：没有其他的方法。布莱克*并不是*在讲植物疾病，而是在谈论人的事情，一旦你开始“解读”他的玫瑰和蛀虫，你就要将它们翻译为人类生活和感受的某些方面。这里，性关系似乎同诗歌最为接近。但是，这首诗并非一个真正的隐喻，所以你感到任何解读都不够充分：诗歌的文采、力量和魔法逃脱了所有的解读。并且，如果它不是隐喻性的，那它也就不是引喻性的。你可以想到伊甸园里的夏娃，裸体站在花丛当中——正如弥尔顿所言，夏娃自身是一朵更为美丽的花——蛇教导她说她的裸体和随之而来的爱应当是黑暗和隐秘的。这一暗示也许有助于更好地理解诗歌，因为它将你导向了西方文学想象的核心，把你引到了布莱克处理的一系列事物的面前。但是诗歌本身并不依靠《圣经》，即使它在没有《圣经》的情况下无法被写出。农学学生说对了一件事：他看到布莱克在谈论玫瑰和蛀虫时想表达的意思就是他说的字面意思，而不是什么其他东西。所以，为了读懂布莱克的诗歌，你只需接受一个完全象征化的世界：在这个世界里，玫瑰和蛀虫是如此彻底地被人的心智所环绕和占有，以至在玫瑰和蛀虫之间发生的任何事情，都等同于在人的生活中发生的事情。

你记得莎士比亚《仲夏夜之梦》里的特修斯（Theseus）这样说道：

> 疯子，情人，诗人
> 都是想象的产儿！

特修斯并不是文学批评家，他是一个可爱的傲慢古板的家伙，但是他这句话也说出了一个重要的真理。疯子和情人都想让自己与其他事物相认同，情人认同他的情妇，疯子认同任何他所迷恋的东西。原始人也尝试着将他们自己与图腾、动物或鬼怪相认同。我谈到过布莱克诗歌的魔法：这在文学批评里通常是一个非常含混的词，但是魔法实际上也同样是对认同的信仰：魔法师为他所讨厌的人做一个蜡像，在上面插一根针，蜡像所指的那个人就会感到疼痛。诗人也是这样一个认同者：他将任何在自然中看到的事物与人的生活相认同。这就是为什么文学，尤其是诗歌，与我在第一讲中提到的原始心智非常相似。

二者间的区别则更为重要。魔法和原始宗教是信仰的形式：疯癫和爱情是经验或行为的形式。信仰和行为紧密相连，因为一个人真正的信仰就是他的行为展现出来的信仰。在信仰中，你总是十分关心关于真相或现实的问题：你不可能相信任何事物，除非你能说“它是这样的”。但是，我们记得，文学从来不会做出此类声明：诗人和小说家的说法更像是“让我们假设如此”。所以，不可能存在任何关于诗歌的宗教，或建立在文学基础之上的信仰。当我们停止信仰某一宗教，就像罗马世界停止信仰朱庇特和维纳斯一样，宗教中的神祇就变成了文学角色，回到了想象的世界。但是，一种信仰只能被另一种信仰所替代。作家当然有他们自己的信仰，对那些看待事物的方式和自己相同的人，产生一种特殊的情感也是自然的。但是，我们都知道，或者很快就会意识到，一个作家真正的伟大之处并不在此。想象的世界充满了尚未出生或仍处于胚胎状态的信仰：如果你相信在文学中读到的事情，你实际上可以相信任何事情。

你可能会问道，既然在想象的世界中一切皆有可能，一切都可以被设想，不存在对错之分，并且任何论点都具有同等的合理性，那么，学习想象的世界有什么用处呢？我认为，最明显的用处之一就是培养宽容。在想象中，我们的个人信仰不过是可能性，但是我们也能够在他人的信仰中看到可能性。顽固者和狂热分子很少使用艺术，因为他们过于关切自己的信仰和行为，而不能够将它们当作一种可能性来看待。我们也可能走向另一个极端，成为一个困惑于各种可能性的一知半解者，以至缺乏行动的信念或力量。但是，和顽固者相比，这样的人更为少见，对我们的世界造成的危险也更小。

想象中的抽离力量（power of detachment）产生了宽容，在此，任何事件都被移除到信仰和行为的范围之外。经验几乎总是普通的；当下不像过去那样具有怀旧的浪漫，在现实生活中，理想和愿景会变得肮脏不堪。文学则反置了这一过程。当经验同我们保持了一定的距离，比如托尔斯泰《战争与和平》中关于拿破仑战争的经验，它的尊贵感和使人愉悦的程度就会大幅提升。我提到托尔斯泰，因为他应当是最后一个会赞美战争，或者认为战争的可怕之处并不可怕的作家。即使在《战争与和平》中，也存在幻觉的元素，但幻觉带给我们的逼真感并非战争的真实体验：只有抽离感才能带来真实的比例和视角，看到战争究竟是什么。文学帮助我们带来这种抽离感，历史、哲学、科学及其他值得研究的事物也都如此。但是，文学还有一些其他东西，用来传达它独到的抽离感：这些东西就像原始魔法一样荒诞不经、毫无可能，而文学与原始魔法极为相似。

本讲的标题“时间中的巨人”（Giants in Time）来自马塞尔·普鲁斯特（Marcel Proust）伟大的系列小说《追忆似水年华》的最后一句话，我个人更倾向于将这本书按字面忠实地译为“追寻逝去的时间”。普鲁斯特说道，在我们的普通经验中，所有事情都消融在过去，我们不知道接下来会发生什么，尽管我们称其为现实生活，这种普通经验并不能给我们带来任何的现实感。在普通经验中，我们就像身处图书馆的一只狗一样，被一个显而易见的充满意义的世界所环绕，而我们甚至不会意识到它的存在。普鲁斯特讲述了一个无比冗长的故事，它从 19 世纪末的法国一直绵延到第一次世界大战的开端，一些复现的主题和经验串起了这个故事。故事的大部分内容都是对“现实生活”中忌妒、变态心理及虚伪的记录，但偶尔也会闪现出在它们背后无限遥远的陶醉与平静。在这一系列书的结尾，普鲁斯特解释了（或者至少他的叙述者解释了）这样的经验如何将他带出普通生活及他所存在的时间之外。正是这点使他能够写作这本书，因为它使他能够将人们看作“沉浸于时间中的巨人”，而不是活在行将消逝的瞬间。

作家既不是观察员，也不是梦想家。文学并不反映生活，但它也没有逃离或退出生活：它吞噬了生活。想象只有在吞噬一切之后才会停止。不论我们从怎样的方向启程，文学的路牌总是指出同样的道路，它通向一个一切皆在人类想象之内的世界。时间是一切鲜活之物的敌人，也是诗人最为厌恶和恐惧的暴君，如果想象能够消解时间，它就能消解一切。我们回到了第一讲中提到的想象的界限，一个完全由人的生活拥有并占据的世界，一座群星即郊区的城市。没有人会相信这样的宇宙：文学并非宗教，它也并不向信仰言说。但是，如果我们将这一图景完全拒斥在心灵之外，或者坚持认为它受到各种各样的限制，那么，某些东西就会在我们的内部死亡，而保持这些东西的生机很可能至关重要。

第四讲 通往梦幻之地的钥匙

我一直试着以这样的方式来解释文学，将你放进一个荒无人烟的小岛的原始场景，你由此可以看到想象以最直接简单的方式发挥作用。现在，让我们从我们自己的社会开始，看看文学的归属究竟在哪里，如果它的确在我们的社会有所归属的话。设想你行走在北美一个城市的街道上。你的周围是高度人工化的社会，不过你不会认为它是人工化的：你早已对它习以为常，以至认为它是自然的。但是，假设你的想象突然在你身上玩了一个它经常玩的小把戏，你忽然间感到自己是一个完完全全的局外人，乘着飞碟从火星上突如其来。你立即看到每件事物有多么程式化：服装，商品橱窗，堵车时汽车的挪动，男人的平头和刮过的脸，女人的红嘴唇和蓝眼影，这是为了使她们的脸符合程式，或者像她们所说“看上去漂亮”，反正都是一回事。所有的程式都朝着一致性或者相似性发展。置身程式之外会使人显得怪异，或者，如果他正在开车，他看起来就会危及人身安全。唯一的例外是那些选择遵从其他程式的人，比如尼姑或者披头士。显然，社会里有一股强大的导向一致性的力量，这股力量如此强大，以至它似乎同社会本身的稳定性发生了关联。

在日常生活中，即使是我们所能想到的最为美妙的事情，如真、善、美，从根本上都意味着我们已经习以为常的东西。正如我在提到女性妆容时所暗示的，我们关于美貌的绝大部分观点都是纯粹的程式，甚至，真理被定义为任何不会干扰到我们已知模式的东西。

当我们转向文学，我们同样会找到程式，但是这回我们注意到，它们之所以是程式，是因为我们并没有对它们习以为常。这些程式似乎是为了使文学尽可能地与生活不同。乔叟笔下的人们用十音节对句来编故事。莎士比亚运用戏剧程式，这意味着，伊阿古（Iago）必须破坏奥赛罗（Othello）的婚姻，梦想未来的幸福，并且使奥赛罗很快谋杀他的妻子。[1] 弥尔顿描写两个赤裸的人在花园里用排演好的话互相宣讲，以“上帝与人之女儿，不朽的夏娃”开始——夏娃是亚当的女儿，因为她刚从他的肋骨架中被取出来。几乎每个我们读到的故事都要求我们把一些明知荒诞无稽的事情当作事实来接受：好人总会得胜，尤其在爱情当中；谋杀是需要用逻辑解决的复杂而巧妙的谜团，诸如此类。不只是流行文学需要这些：品位更高的故事倾向于有

1 参见莎士比亚的悲剧《奥赛罗》。

更强的反讽性，但是反讽本身也有其程式。如果我们追溯到更久远的文学，就会遇到诸如此类的程式：国王轻率的承诺，气急败坏的戴绿帽子的男人，情诗中残忍的女情人——这些从来都不是我们或其他时代认定的成年人的正常行为，只会是仙境里疯狂的伦理。

甚至文学的细节也同样反常。文学的世界中凤凰和独角兽同马与狗一样重要——在文学中，有些马会说话，比如《格列佛游记》里的马。我在此随便举一个例子，比如，将莎士比亚称为“阿文的天鹅”（swan of Avon）[1]——本·琼森（Ben Jonson）这样称呼他。位于斯特拉福德（Stratford）的小镇昂塔里约（Ontario）在河里养有天鹅，部分原因是将其作为文学隐喻。莎士比亚时期的诗人不愿意承认他们是在一张纸上写字：他们总是坚持称自己在创作音乐。在田园诗中他们可能会吹起笛子（更准确地说，是一支双簧管），但是任何其他类型的诗化努力都被称为歌，取决于这首歌的品位有多高，伴奏是一台竖琴、里拉琴或者鲁特琴。唱歌暗示着鸟，因此，诗人们选择天鹅作为他们典型的鸣禽和象征。天鹅是不会歌唱的鸟。因为它不

1 斯特拉福德上的阿文，莎士比亚的老家。

能歌唱，他们就构想了一个传说，天鹅在死前曾唱过一曲，没有人听到。但是，莎士比亚并没有在死前才放声高歌：他每年写两部戏剧，直到赚够了可以退休的钱，他生命的最后五年都在清点自己的积蓄中度过。

所以，不论文学在培养想象、扩大词汇方面会有多大帮助，将它直接用来指导人生都会是极其疯狂的教条主义。也许，这里我们看到为什么人们不仅在想洞察世界的情况时很少请教诗人，并且，诗人通常显得比其他人更加头脑简单、更易受骗。对诗人而言，他采用的特定的文学程式，在他看来很可能是生活的事实。如果他发现他最擅长的写作类型与仙女有关（像叶芝这样），或者与白色女神相关（像格雷夫斯这样），或者与生命之魂有关［像萧伯纳（Bernard shaw）］，或者与主教布道相关（比如 T. S. 艾略特），或者与斗牛相关［如海明威（Hemingway）］，或者与对社会中种种虚伪的绝望相关［比如所谓的愤怒学派（angry school）］，那么诗人很容易将一种在他的同时代人看来过度而不当的真实性加诸这些事情之上。他的生活可能会以一种扭曲甚至毁灭自身社会人格的方式来模仿文学，比如拜伦就因极力成为拜伦式人物而将自己耗尽在 34 岁的年头上。这么说，生活和文学都有所程式化，关于文学的程式，我们只能说，它们同生活境况的相似之处并不多。正是当这两种程式相冲突时，我们才意识到它们的不同。

实际上，只要文学变得太过逼真，同生活太相似，某种适得其反的进程、某种神秘的效用递减的规律似乎就会出现。H. G. 威尔斯（H. G. Wells）写过一本非常生动、用笔老到的题为“基普士”（Kipps）的小说，讲述一个中产阶级下层、不善表达、和善可亲的伦敦东区人的故事，是那种我们常在狄更斯那里看到的角色。基普士这个角色经过仔细地研究：他从不说任何像基普士这样的人不会说的话；说 home 或 head 时 h 从不发音；他做的事情里没有一件超出了我们对这样一个角色的期待。这是一部很棒的小说，值得一读，然而，我总有一种不舒服的感觉，觉得有一些狄更斯会使用而威尔斯没有用到的秘密能使这个角色彻底地成为鲜活的人物。那么，狄更斯会怎么写呢？狄更斯经常做的事情之一就是写得很糟糕。他很可能让基普士说出感伤之语、虚假的英雄主义大话及其他不合时宜的言论；有些读者对这些段落会嗤之以鼻，他们以此来互相说明狄更斯的品位有多么糟糕，他对人物性格的掌控多么不稳定。很可能他们说得没错。但是，这样我们就会在少数时刻看到基普士看待自己的方式，或是对自己的希望：这也是他的真实性的一部分，不论我们对此多么不认可，这种效果会在我们这里留下印记。不管我对这本书的看法是否正确（我也不确定自己的看法就是正确的），我认为我的总体原则是正确的。我们只会在书里看到的东西，通常就是我们在书中所追寻的东西。文学中任何完全同生活一致的东西都有点像实验室的样本。为了使文学中的东西真正变得鲜活，我们不能同生活一致：我们必须同文学一致。

这一说法甚至同样适用于对语言的应用。我们常常被教导说，散文是普通言语的语言，这在文学中一般来说是正确的。但是，在普通生活中，散文并不是普通言语的语言，就像最佳装扮并不会是游泳衣一样。真正用散文说话的人都是拥有良好教养、善于表达的人，他们阅读大量书籍，甚至仅在他们之间才用散文说话。如果你读到《傲慢与偏见》里，伊丽莎白·班纳特（Elizabeth Bennett）在谈话中使用的漂亮的句子，你就会明白在这本书里，这些句子是如何强有力地传达出一个明理睿智的姑娘的形象。但是，任何在有轨电车上进行如此连贯的表达的女孩都会遭到注视，就好像她顶着一头绿色的头发一样。这牵涉的不仅仅是1813年和1962年的区别，你只要比较一下她和她母亲的言语就能够发现这点。诗人艾米莉·狄金森（Emily Dickinson）抱怨每个人都对她说“什么？”，直到她最终基本上放弃讲话，仅限于写留言条。

所有这些都涉及我之前提到的原则：文学写作和其他类型写作的区别。如果我们写作是为了传达信息，或者出于任何实用的考量，我们的写作就是一种意愿和意图的行为：我们说了什么就表达什么意思，我们使用的词语直接表达了这个意思。文学则与之不同，这并不是因为诗人表达的不是他说的那个意思，而是因为他真正的着力点在于将词语聚集在一起。他打算说什么并不重要，重要的是当词语结合在一起时它们在说什么。对小说家而言，结合在一起的则是故事里的事件——正如 D. H. 劳伦斯所言，不要相信小说家；相信他的故事。这就是为什么很多时候，一个作家最好的作品是或者看上去是不由自主的。这种写作是不由自主的，因为文学的形式控制了它，而这些形式就体现在文学的程式之中。我们看到，程式在文学中起到了和在生活中一样的作用：它们向作者施加一定的秩序和稳定的模式。只不过，要说它们是差别巨大的程式，那么几乎显而易见的是，词语的秩序，或者说文学的结构，同社会秩序有所不同。

文学与生活间缺乏清晰的联系这点在遭遇审查问题时会凸显出来。由于写作中有大量的非自主元素，文学作品不能够被当作像人一样体现了有意识的意愿或意图，因此，不能订立法律来控制它们的行为，认定它们有做某事的倾向或意图。文学作品陷入法律纠纷是因为它们冒犯了某些强大的宗教或政治利益，反过来，这种利益往往获取并利用了社会围绕性的病态兴奋。然而，就文学作品而言，对诸如淫秽这样的术语给予法律定义是不可能的。书的命运主要取决于法官的智识。如果他是一个明智者，我们就会得到明智的结论；如果他是个混蛋，我们也会得到相应的结论，但是我们不会得到一个合法的结论，因为它的基础并不存在。我们能得到的最好结果就是一个倾向于阻挠胡话、向社团施压使其不再攻击严肃书籍的判例。如果你阅读《查特莱夫人的情人》审判的个案记录簿，你可能会记得批评家在被问到这本书可能产生的道德效果时有多么困惑。他们并不是在装模作样：他们是不知道。在他们自己的范畴里，小说只可能是好的或糟糕的。不可能存在一本道德败坏的小说：小说的道德影响完全取决于其读者的道德品质，没有人能对此做出预判。如果文学并非道德败坏，那么它同样不会道德高尚。我猜想，《查特莱夫人的情人》如此鲜明地使这一问题变得戏剧化，原因之一在于这是一本自觉的、劝导的书：就像我在童年时期阅读的说教小说一样，它如此卖力地想使我受益，以至让我觉得有些无聊。

所以，文学同生活并没有任何一以贯之的联系，无论是积极的还是消极的。在此，我们触及了想象结构和实践思维结构（应用科学也属于实践思维）的另一个重要区别。想象无疑是科学的必要元素，无论是应用科学还是理论科学。如果心智缺乏建立实验模型、找到并追寻感觉、自由地徜徉于假设之中等的建构性能力，任何科学家都不可能有所成就。但是，所有实践领域的想象性努力都需要面对可行性检验，否则它就会被抛弃。文学中的想象不需要面对此类检验。你并不会将文学直接地同生活或现实相联系：如我们之前所说，你使文学作品之间相互关联。不论研究文学有什么文化的和实用的价值，它都源于我们全部的阅读，这是我们建筑的词语的城堡，并且我们还在不断地为它添加新的侧翼。

这样，人们理所当然地走向另一个极端，认为文学实际上是对生活的躲避或逃离，是一个像梦中世界一样的自足的世界，一个用来同工作的世界抗衡的玩耍或幻想的世界。有些文学作品的确如此，许多人也告诉我们，他们阅读只是为了能够脱离现实。我自己也表明，逃离感，或者至少抽离感，的确会进入每个人的文学体验。但是，文学的真正意义不在于此。想想诸如威廉·福克纳（William Faulkner）或者弗朗索瓦·莫里亚克（François Mauriac）这样的作家，他们具有伟大的道德高贵性，研究身边生活时极度用心且富有同情。或者想想詹姆斯·乔伊斯（James Joyce），他花七年时间写作一本书，又花十七年写作另一本，它们出版之时受到当时习俗的嘲讽、辱骂和禁止。或者想想诗人里尔克（Rilke）和瓦莱里（Valéry），他们多年来耐心地在沉默中写作，直到能够说出他们要说的话。在这一切之中都有一种致命的严肃，这是即便最为精细的幻想或假装的论调都不能涵盖的。不过，让我们先继续带着这个观点前行，因为我们在文学与生活的关系或者我们称为文学的水平视角上的进展还不够快。这个观点似乎在方方面面阻碍了我们。

文学的世界中不存在人的想象之外的任何真实。我们在其中会看到大量生动地让人想起所熟知的生活的东西。但是，这种生动性当中存在着某种不真实之物。也许，通过图片我们能够更清楚地明白这点。有一些立体装饰画——法国人称为欺骗眼睛的画(trompe l'oeil)——同生活高度相似。这一流派的一位美国画家在他专横的老婆身上开了一个玩笑：他画了一张她最喜欢的餐巾，画得如此高明以至她抓着画板想把餐巾扯下来。但是，像这幅画一样写实的画作不是一种现实，而是一种幻象：它带有幻觉所具有的不自然的闪耀的清晰度。而我们所说的真正的现实，不是那些会直接让我们联想到自身经历的事情，而是诸如阿喀琉斯的愤怒或奥赛罗的忌妒这样比我们所能达到的一切都更为广阔而强烈的经验，我们只可能在想象中达到它们，也正是借助想象才能达到它们。有时，正如喜剧中的完美结局或者传奇故事的理想世界那样，我们似乎在观看一个比通常所知的世界更为令人愉悦的世界。有时，好比在悲剧和讽刺剧中，我们似乎在观看一个比通常所知的世界更为痛苦或荒诞的世界。在文学之中，我们似乎总是在向上看或者向下看。重要的是垂直的视角，而不是我们看待生活的水平视角。当然，在最伟大的文学作品中，我们会同时享有向上和向下的视角，它们通常同时体现在一件事的不同方面上。

这样，文学经验就由两部分构成。想象赋予我们比通常生活的世界更好的和更坏的世界，并且要求我们持续地同时观看两者。我在第一讲中提到过，艺术追随情感的路径，根据情感倾向的不同，我们将世界划分为我们喜欢的和不喜欢的两部分。文学并不是一个幻梦的世界，但如果我们只有这两者中的一方面，那它就会成为幻梦的世界了。如果我们只有传奇故事和结局完美的戏剧，文学就仅仅表达了一个实现意愿的幻梦。有些人问道，为什么在一个已经充满悲剧的世界里诗人们还要创作悲剧，并且暗示对此类事物的享受带有一定的病态或幸灾乐祸的成分。事实并非如此，但如果文学中只有悲剧这类东西，那么这话可能就会成为事实。

这一点值得我们再多说几句。你还记得《李尔王》里那可怕的一幕，格洛塞斯特（Gloucester）的眼睛被挖出来抛在台上。这是戏剧的一部分，戏剧本应使人愉悦。那么，在什么意义上，诸如此类的场景会令人愉悦呢？这一场景并非真实发生，这点非常重要。观看一个真实发生的弄瞎眼睛的场景是有辱人格的，更不要说从中得到任何快感了。因此，愉悦感并不在于使我们联想到真实的弄瞎眼睛的场景。如果它这样做了，那么戏剧最伟大的场景之一就会变成令人作呕的哗众取宠的表演。我们不可能阻止任何人做出这样的反应，并且，谴责或查禁莎士比亚脑海里的虐待狂的想法也丝毫无法治疗他，更不会帮助到大众。但是，诸如此类的反应同戏剧毫无关系。在一个残忍和仇恨的戏剧场景中，我们观看残忍和仇恨，我们知道它们是人类生活中永恒的真实存在，但是我们从想象的视角观看它们。想象暗示的是恐惧，不是真实的弄瞎眼睛的场景带来的强烈且令人作呕的恐惧，而是一种富有生机的恐惧，充满抗拒的力量。这是我们从生活中所能得到的最有力量的表演，也是我们最不愿意切身体验的。

这样，我们就能看到，文学当中也是存在道德准则的，虽然它们并不意味着在书中看到一个我们更熟悉其发音而不是其印刷形式的词[1]时报警。格洛塞斯特在那个场景中说了这样的话："我被绑在柱上，我必须忍受考验。"在莎士比亚的时代，将熊绑在柱子上，放狗扑上去直至将熊咬死，是一项受人欢迎的运动。根据麦考利（Macaulay）的说法，清教徒禁止这项运动，并非因为这会给熊带来痛苦，而是因为它会给观众带来愉悦感。麦考利的评论很可能想表达对清教徒的嘲笑，但是，如果清教徒确实这么想，那么他们百分之百是正确的。废止公共绞刑还能有什么其他原因呢？无论他们的动机如何，清教徒和莎士比亚的做法指向相同。文学一直将最为邪恶的事情向我们呈现为娱乐，但是它唤起的并不是这些事情本身包含的乐趣，而是因事情并未真实发生，人们得以置身事外并且观察事情本身的快感。我们同文学接触越多，就越不可能在

1 我们更熟悉其发音而不是其印刷形式的词，在此应当指脏话、淫秽词语等。

残忍或邪恶之事中找到不假思索的快感。正如 18 世纪一句脍炙人口的金句所言，文学锤炼感性。

上流的文学作品是一个用崇高、鼓舞人心之类的词来表达的世界，我们感到的不是抽离感，而是浸入感。这是一个英雄、神祇、提坦神和拉伯雷式巨人（Rabelaisian）的世界，一个充满力量、激情、陶醉的世界，它们比我们在想象之外遇到的任何东西都更为伟大。这样的力量如果进入日常生活，就不仅会浸染我们，还会湮没我们。幸好，想象的保护墙也会在此出现。正如德国诗人里尔克（Rilke）所言，我们热爱它们，因为它们不屑于摧毁我们。我们好像已经远离了情感及它们对事物进行的“我喜欢”和“我不喜欢”的区分。文学赋予我们一种经验，它将我们垂直地拉伸到人的心智所能设想的最高处和最深处，宗教上的天堂和地狱正与此对应。从这个角度来看，我喜欢或不喜欢的事物消失了，因为我身上不再有任何作为独自的人的痕迹：作为文学的阅读者，我仅仅作为全人类整体的一个代表而存在。在最后一讲我们会看到这一点的重要性。

不论我们在生活中积累了多少经验，我们永远不可能达到想象所赋予我们的经验维度。只有艺术和科学能做到这点，而在它们当中，又唯有文学给予我们人类想象自身所见的全部深度和广度。许多人似乎很难理解文学经验的现实性和强度。这里有一个你可能认为有些不太相关的例子：为什么如此多的人都试图说服自己莎士比亚并未写作莎士比亚戏剧，而没有一丝一毫的证据说明这是其他人写的？很显然，因为他们认为诗歌写作一定要出于个人经验，而莎士比亚并不拥有足够的对应的经验。但是莎士比亚的戏剧并非由他的经验创作：它们是由他的想象创作的，而培养想象的途径就是阅读一两本好书。至于我们，甚至都无法超出自身文字掌控力范围之外来讲述、思考甚至理解我们自己的经验，而这些范围是由最伟大的作家确立的。

所以，文学不是一个梦幻世界：它是双重的梦，实现愿望的梦和焦虑的梦被聚焦在一起，正如一副眼镜，形成一个完全有意识的视角。根据柏拉图，艺术是为被唤醒的心灵所做的梦，是脱离普通生活的想象的作品，支配它的力量正是支配梦的力量。但是，它同时又赋予我们一种现实的视角和维度，这是任何其他接入现实的途径都不能给予的。所以，正如济慈（Keats）所言，诗人和做梦的人有所不同。日常生活构成了一个社群，文学是一种交流的艺术，因而也构成了一个社群。在日常生活中，我们每晚都会坠入个人的、独立的潜意识，我们在其中根据个人的、独立的想象重塑这个世界。在文学之下则是另一种社会的而非私人的潜意识，是一种根据诸如女王和旗帜等特定符号，或根据某些代表秩序和稳定、生成和变化、死亡和重生的神祇，来形成社群的需求。这就是人类心智所具有的创造神话的能力，它产生并消解着一个又一个文明。

这一讲的标题“通往梦幻之地的钥匙”来自乔伊斯的《芬尼根的守灵夜》（*Finnegans Wake*），这也许是 20 世纪的文学想象中最伟大的个人成就。在这本书里，一个人睡觉，随后沉入梦乡，不是弗洛伊德式（Freudian）的独立的、私人的潜意识，而是人在更深层创造和毁灭他自己的社会的梦境。整本书都以这个梦的语言书写。这是主要由英语构成的潜意识语言，但也有通过联想和双关带来的其他约 18 种乔伊斯所知的语言。《芬尼根的守灵夜》不是一本用来阅读的书，而是一本用来破译的书：正如乔伊斯所言，书的内容是关于一个做梦者的，但书本身是为一位饱受完美的失眠之苦的理想读者所写。这样，读者或批评家的作用就是补充诗人的角色。文学需要两种力量，一种用于创造，一种用于理解。

我们所有的文学经验中都有两种回应。当我们在阅读或观看一出戏剧时，尤其是第一次，我们会有对作品本身的直接经验。这种经验是非批评的，或者说前批评的，所以它并非绝对可靠。如果我们的经验有限，我们可能会被一些东西激发热情甚至完全席卷，之后我们才会看到，这些东西本身是二流甚至不入流的。在我们完成阅读或离开剧院后，我们会做出有意识的、批评的回应，将这次的经验与其他类似的事物进行比较，并且形成一个有价值的、合理的判断。随着练习，这种批评的回应会使我们的前批评回应更加敏锐、准确，或者如我们所言，提高我们的品位。但是，在对单独的作品的回应背后，还存在一种更大的回应，即对于作为一个整体、作为全部所有物的我们的文学经验的回应。

批评家总是被称为文学的法官，这并不意味着他拥有比诗人更高的地位，而是说他应当懂得一些关于文学的知识，正如一位法官坐在审判席上的权力有赖于他关于法律的知识。如果他反对诸如莎士比亚这样的巨匠，那么接受审判的就是他本人了。批评家的作用就是利用他已知的全部文学，对文学中的每部作品进行阐释，不断尝试理解作为整体的文学意味着什么。作为整体的文学并非系上红色和蓝色彩带的展品的集合，不是秀猫大赛，而是可以言说的人类想象的全部范围，从想象的天堂的高度到想象的地狱的深度。文学就是人的启示录，人对人的启示，文学批评并非裁定团，而是对这一启示、对人类末日审判的意识。

第五讲 亚当的顶骨

在前四讲当中，我一直在建立一种文学理论。现在，我准备用实践来检验这个理论了。如果它有任何可取之处的话，那么它就可以在如何教授文学，尤其是如何向孩子们教授文学上为我们提供一些指导。它应当告诉我们要从哪些基本的、基础的观念开始，以及以此为基础，今后可以做出怎样的更为深入的研究。很明显，文学教育需要更多这样的理论，并且，同科学和数学相比，这种理论的缺乏损害了文学。

我在前四讲中发展出的总体原则是，在文明史中，文学出现在神话之后。神话是想象的简单初级的工作，将人的世界与非人的世界区分开，它最典型的成果就是一个关于一位神祇的故事。后来，神话开始融入文学，这时神话就成为讲述故事的一个结构性原则。我已经试图解释过神话故事是如何聚合在一起形成神话，以及这一神话怎样产生一种总体架构，即对我们曾经拥有并可能再度拥有的失落的认同感的体察。

基督教的《圣经》给出了这种神话故事的最完整的形式，因而《圣经》构成了文学教育的底层基础。我们应当在很早的时候就完备详尽地教授《圣经》，以便使它完全扎根在心灵深处，后续所学的东西可以在此之上得到发展。我知道，这是一个很有争议性的论断，并且可能受到各种形式的误解，所以请大家不要忘记，我是以一位文学批评者的身份在谈论文学教育。将《圣经》当作文学来教授，还有其他次要的原因：人们无穷无尽地引用《圣经》或用典，英王詹姆斯译本[1]的节奏和文句嵌入了我们的心智及思维方式，《圣经》中充满了我们所知的最伟大、最知名的故事，等等。《圣经》也有道德和宗教上的重要性，这是另外的原因。不过，在目前我谈论的语境下，最重要的是《圣经》的整体形式和结构：它是一个由创世起、以末日审判为终的连续叙事，在亚当和以色列这两个象征性的姓名下考察了人类在此之间的全部历史。换言之，圣经的**神话故事**应当是文学训练的基础，它对人类境况进行了如此广阔全面的想象性的考察，任何其他事物都会在其中找到自己的位置。同样，不要忘记，对我而言，“神话故事”一词，就像“寓言”和“虚构作品”一样，都是文学批评当中的术语。在日常意义上，神话

1 英王詹姆斯译本，即钦定本《圣经》，由英王詹姆斯一世于1603年下令组织翻译，1611年出版，是英语世界普及度极高的一个《圣经》译本。——编者注

故事指不真实的事物，这在我看来是语言的贬值。更进一步，《圣经》可以不只是一部文学作品，但它肯定是一部文学作品：一部没有文学品质的书是不可能对文学产生影响的。然而，对我设定的目标而言，《圣经》只能由某些对文学结构相当了解的人在学校进行教授。

在我看来，在《圣经》训练之上做的第一件事，就是古典神话，它给予我们类似的、更加松散的想象性架构。在此，学习古典神话同样有着各种各样的偶然的或次要的原因：所有现代西方语言的文学都充满了古典神话，以至缺乏相关训练时人们很难明白是怎么回事。但是，与《圣经》一样，学习古典神话最重要的原因是神话的形式。古典神话以远比《圣经》更为清晰的方式给予我们核心神话的主要情节，英雄神秘的诞生、胜利、婚姻、死亡、背叛以及最终的重生都伴随着太阳和四季的运转。赫拉克勒斯和他的 12 份功绩，穿过迷宫的忒修斯，斩下美杜莎之头的珀修斯：这些故事主题都应当尽早进入人们的心灵。圣经传说和古典传说之间的相似性不应当被看作是偶然的：恰恰相反，根本的一点在于展现出同样的文学模式如何出现在不同的文化和宗教之中。生活在莎士比亚或弥尔顿时代的诗人在小学就会接受这类训练。举例来说，在阅读《失乐园》(*Paradise Lost*)[1]时，我们不仅要明白同时了解《圣经》和古典神话的必要性，还需要了解这两种神话的相互关系，否则就无法深入阅读《失乐园》。一般而言，现代诗人不会接受此类教育：他们需要自学。在我看来，某些人所抱怨的现代诗人的费解之处可以追溯到早期文学教育的缺陷，既包括诗人的缺陷，也包括读者的缺陷。我这一讲的标题“亚当的顶骨”来自迪伦·托马斯(Dylan Thomas)的一系列十四行诗《黄昏时分面向祭坛》(“Altarwise by owllight”)，讲述一位被托马斯称为“绅士”的人的故事，他同时是亚当和阿波罗，穿过天际，经历了出生、死亡与重生。这些十四行诗非常难读，我认为它们晦涩的原因之一在于，文学的核心神话形式在托马斯写作的某一阶段突然爆发了，这一神话爆发的力量如此强大，以致他很难将全部的象征和比喻都记录下来。他晚期的诗歌中尽管有些和这些诗一样难懂，但仍然要简单得多，因为在那时他已经消化了他的神话。

1 《失乐园》，弥尔顿的长篇史诗。

希腊人和罗马人就像《旧约》的作者们一样按顺序组织他们的神话，从创世、堕落和洪水的故事开始，逐渐进入历史故事，最后进入真正的历史。当它们进入历史，它们也就进入了更易辨识、发展更加完善的文学形式。古典神话产生了荷马和希腊戏剧家；《旧约》的古老传统发展为《诗篇》和《约伯书》。文学教育的下一步是理解伟大的文学形式的结构。有两种来自戏剧的形式构成我们所熟悉的一对组合，悲剧和喜剧。还有另一对组合，我应当将它们称为传奇和反讽。在传奇故事中，我们有一个简化的、理想化的世界，其中有勇敢的英雄、纯洁美丽的女主人公，以及十恶不赦的坏蛋。而所有形式的反讽，包括讽刺剧在内，都与这一简单的世界相对，强调人类生活的复杂性。在这四种形式当中，喜剧和传奇是初级的，人们可以向年纪最小的学生教授它们。当成年人为了放松而阅读时，他们几乎总是选择喜剧或者传奇。悲剧和反讽则更为困难，我认为，它们应当留到初中阶段。

传奇由学生们在神话中早已遇到的英雄历险故事发展而来，喜剧则源于英雄获胜或结婚的情节。养成退后一步、审视每部研究过的文学作品的总体结构的习惯是非常重要的。一位形成了这一习惯的学生就能看出，他正在学习的莎士比亚喜剧同前一天晚上在电视上看到的老掉牙的老电影具有相同的总体结构。在我上学的时候，我们必须阅读《洛娜·杜恩》(*Lorna Doone*)，我边上一位女孩子总是趁老师不注意的时候从桌子里抽出一本爱情杂志，放在膝盖上读。显然，她认为这些故事比《洛娜·杜恩》带劲得多，也许它们确实更加带劲，但我愿意打赌它们讲的其实是同一类故事。辨认出结构的相似性本身并不会带来任何的比较价值，不会告诉人们为什么莎士比亚要比电视上的电影更好。在我看来，我们不应该对文学急于给出价值评判。告诉学生 A 比 B 更好，对他而言并没有什么好处，尤其是如果他恰好喜欢 B 的话。他必须自己感受到价值，并且在这一过程中跟上自己的节奏。与此同时，他几乎可以按照任何顺序来阅读任何东西，就像他可以吃乱七八糟的食物，甚至会让他的长辈们去拿烘焙用的辅料小苏打一样。一个明智的老师或图书管理员很快就能学会如何指导一位青年人的阅读，既为尚未养成的胃口留下空间，又不会使他过早地成为一个饕餮者或厌食者。

同样重要的是，任何有故事的东西，比如一个神话，都应当被纯粹当作一个故事来阅读或聆听。许多人在成长过程中并没有真正明白想象式写作和散漫式写作的区别。在极少数遇到诗歌或图片的时候，他们将它们当作多多少少被掩盖的信息碎片。他们的问题都基于这一假设。他想要说明什么？我应当从中得到什么？为什么没有人向我解释？为什么他不能够用一种我能明白的方式来写？听故事的艺术是对想象的一个基本训练。你不会以同作者辩论的方式开始：你接受他的前提，哪怕他告诉你牛跳上了月亮，并且，你只有在接受了他要说的全部内容之后才开始回应。伯特兰·罗素（Bertrand Russell）认为悬置判断是心智的基本运作方式之一，如果他是对的，那么学会这样做的益处就超越了文学领域。即便这样，你也是针对故事的整体结构做出回应，而不是针对你从中摘取并带走的某些信息、道德教训或者伟大思想。和这项训练同样重要的是让学生自己写作。不论他写得有多么少，或早或晚，他一定会遭遇这种体验，感到自己说了某些东西，它不能以其他方式解释，而只能通过自己说出这个东西时采用的特定方式来解释。这应当能使他对在阅读中遇到的难解之处有更多的宽容，虽然尝试用不同的文学方式表达自身带来的益处通常远远超过宽容本身。

在这一讲里我需要涉及许多问题，所以我只能简单地提示英语学习的两种语境，如果希望学生的学习拥有一些意义，这两种语境都必须到位。首先是英语之外的其他语言的语境，其次是文学之外其他艺术的语境。自称为人文主义者的人，包括文学研究者在内，首先总是那些学习其他语言的人。英语使用者的文化遗产的根基并不是英语，而在于拉丁语、希腊语和希伯来语之中。这一基础必须通过翻译来赋予青年学生，尽管任何有价值的作品的翻译都只是对原作的小抄。如今，现代语言在教育中的地位比古典语言更高，人们总是说我们应当学习其他语言，这是一种痛苦的政治责任。的确有这个因素，但另一方面，我们所有同语言相关的心理过程都倾向于追随我们思考时使用的语言的结构，这也是一个事实。我们无法充分地运用我们的思维，除非意识到有多少我们认为自己在思考的东西是真正的思想，而又有多少只不过是熟悉的词语在它们自身熟悉的轨迹上的运动。几乎所有人都说了足够的话，至少足够使人们流利使用自己的语言，到了这一步，就总是会有自动式流利（automatic fluency）的危险，拧开开关，让一大堆平庸的废话倾泻而出。到目前为止，遏制这一现象的最好方法是拥有关于其他语言的知识，至少废话在此需要适应一个不同的语法规范。我有一位朋友，他是某个委员会的主席，这个委员会需要上交一个复杂的报告，要能清晰准确地表达内容。他一遍遍地让委员会里一位说法语的加拿大人用法语把报告讲一遍，并以此为纲。这个例子说明了为什么人文主义者总是强调你并不是只用一种语言学习如何思考：你通过语言的冲突、通过从一种语言跳跃到另一种语言来学习更好地思考。

正如人们很容易将思考与语言的习惯性关联相混淆，人们也容易将思考与用语言思考相混淆。我甚至听到这样的说法，思想是内在的言谈，尽管我不知道你怎么能够将这一论述应用到贝多芬在构思《第九交响曲》时所做的事情上。不过，学习诸如绘画和音乐等其他艺术，除了它们自身的学科价值外，对文学训练也有很多价值。任何值得人们去做的事情都是一种建构，而想象则是自由的心智的建构性能力，用以进行纯粹的建构，即为自身而做的建构。建构的元素不一定是词语，也可以是数字、音调、颜色、砖块或大理石块。如果看不到想象力如何在其他元素上运作，人们就几乎不可能明白想象利用语言所做的事情。

随着学生长大，他会阅读更加复杂的文学，这通常意味着在很大程度上关切甚至只关切人类境况和冲突的文学。人类与自然世界的古老原始的联系仍然存在于背景之中，不过，比如说，在亨利·詹姆斯（Henry James）的小说里，这种联系已经在背景的深处了。我们经常感到某些类型的文学有益于想象，比如童话故事：原因在于，它们保留了神话的原始视角。整体而言，现代诗歌与虚构性作品相比也是如此。在这点上，文学的第三个语境出现了：文学与诸如历史、哲学、社会科学等其他由语言构建的学科的关系。

在任何一个教授得当的科目内，我们都从中心出发，向外扩展。从语言的应用，或者人们通常称为“有效交流”（effective communication）出发，由更具有记录性质的散文虚构作品进入文学，最终来到诗歌，这对我而言是一个无用的步骤。如果想要正确地教授文学，我们就必须从中心即诗歌开始，随后向外扩展到文学性散文，再向外扩展到商业、职业和日常生活的应用语言。诗歌是用语言表达自我的最为直接、简单的方式：最原始的民族都有自己的诗歌，但只有相当发达的文明才会产生好的散文。所以，不要将诗歌看作一种扭曲日常散文式表述的反常、反自然的方式：散文是远比诗歌更不自然的言谈方式。如果你听听小孩子们的言谈，以及其中歌谣和说唱的数量，你就会明白我在说什么了。有些语言保留了说出口的词语的声调，比如汉语：我不知道加拿大人是怎么学会你现在听到的这种单调的叫声的——可能是跟加拿大鹅学来的吧。

诗歌首先能够给学生带来对物理运动的感觉。诗歌并非书中不规则的诗行，而是与舞蹈和歌曲非常接近的东西，走在街上的步子可以同它合拍。即便诗歌是自由韵体，这种说法仍然成立。荷马的波澜起伏同莎士比亚强健跳跃的韵律同出一源：这样写作的原因之一是人们需要对着不耐烦的观众吼出这些话。现代诗人努力尝试在咖啡馆甚至星期日的公园里说服人们，诗歌就像音乐会一样可以被表演和聆听。当然，诗歌的效果更为平静，但是即便在诗歌当中，也有许多同物理运动相关，比如我们从严格的格律中感受到的灵气，我们听到词语踏着规律的节奏一步步走来。我们可以从诗歌走向散文，如果一个人拥有扎实的文学教育，那么他对散文的第一个要求一定是韵律。我自己的老师佩勒姆·埃德加（Pelham Edgar）曾经跟我说，如果一个句子的韵律是正确的，那么它的意义就可以自我生成了。当然，我那时已经读大学了，我也承认对一个 10 岁孩子这样说有一定的风险。但是，这句话道出了一个真理。我们总是听说，一定要有可以表达的东西才能写作，但是，这反过来也意味着要拥有一定的潜在的言语力量。

在韵律之外，诗歌的意象和措辞也应当应用于英语的其他形态当中。诗歌偏好具象的、简明的词语，偏好明喻、暗喻及所有关联性的语言修辞，拥有将大量意义蕴含在简单的形式当中的能力，我们将这些形式称为神话并作为故事进行阅读，这些也都是很重要的。我们一直都在说，文学的学习围绕着一定的经典或范本，学生逐渐学会自己去阅读它们。某些文学作品成为经典有很多原因，绝大部分原因是纯粹的文学原因。但是，还有另一个原因：一部伟大的文学作品也意味着一个位置，产生这一作品的国家的全部文化历史在此成为焦点。我提到过《鲁滨孙漂流记》：你从这本书中可以得到某种对大英帝国的远距离的观照，大英帝国对它所及的任何地方都施以它的模式，抓获星期五，并且试图将他变成18世纪从未幻想过“回到自然”的新教教徒，这种人物很难单凭历史而存在。如果你阅读《安娜与暹罗王》（*Anna and the King of Siam*）或者看过《国王与我》（*The King and I*），你会想起维多利亚淑女在某个东方国家的故事，这个国家从未有过任何骑士或尊敬女性的传统。她希望被当作一位维多利亚淑女来对待，但是，与她的口头表达相比，她的整体仪态和气质最为明白地说明不存在其他做法的可能，最终暹罗王也接受了这点。当你在阅读或观看这个故事时，她的身后出现了一个更为强大的维多利亚淑女的身影：仙境中的爱丽丝（Alice in Wonderland）[1]想起她的家庭教师教过她的礼节，礼貌地开启谈话的话题，通过停顿来等待回答，即使同她说话的可能是一条素甲鱼或者一只毛毛虫，她也毫不为此所动，只有粗鲁无礼或者类似的违背得体标准的

1 参见《爱丽丝漫游仙境》。

行为才会使她感到震惊。

文学作为历史的想象性钥匙这一方面在小说当中尤其明显，而在莎士比亚或弥尔顿的笔下则更为困难、不易把握。美国文学大多赶上了虚构性作品的时代，诸如《哈克利贝·芬历险记》《红字》《白鲸》《瓦尔登湖》《汤姆叔叔的小屋》此类作品反映了大量美国社会生活、历史、宗教和文化神话。我认为，像人们通常所做那样由外而内地阅读这些作品是一个错误，这种做法从历史、社会学和其他角度入手，将作品当作对这些事情的隐喻。作品本身就是一种文学形式，它由其他文学形式产生，并与它们相关联：所有其他东西都由此而来。想象的建构告诉我们那些无法从其他途径得知的关于人类生活的事情。这就是为什么关注加拿大文学对加拿大人很重要，即使进口的作品风味更足。我常常想到林肯《葛底斯堡演说》（Gettysbury address）中的一段话："世界不会注意也不会长久地记住我们在此说了什么，但是永远不会忘记他们在此做了什么。"《葛底斯堡演说》是一首伟大的诗，从荷马时代起，诗人们就一直会说他们只是在跟随英雄的伟大功绩，重要的是功绩而不是他们对此所说的话。

所以，在某种程度上，林肯这么说是对的，也就是说，他这么说符合传统，而传统在文学当中非常重要。但是，事实并非如此。没有人能够记住战役的名称和时间，除非它们唤起想象：也就是说，除非有一些文学原因使人们这么做。所有在时间中发生的事情都消逝在时间当中：正如我之前引用过的普鲁斯特所言，只有想象才能将人们看作"时间中的巨人"。

文学和历史的关系如此，文学和思想的关系也是如此。我在第一讲中提到，作为艺术的一种，文学关系到家园而不是人的生存环境：文学存在于一个简单的、以人为中心的世界，通过关联性语言来描述这一世界周围的自然，使其同人类的关切相联系。我们注意到，这一人类中心的视角同样存在于普通的言语当中：在普通的言语中我们都是拙劣的诗人。比如，我们如此习惯于将事情看作有高潮有低谷，以至经常忘记它们只是比喻而已。宗教语言充满向上升的比喻，比如"提升你的心"，它也充满了传统上与天空的关联，以至当赫鲁晓夫（Khrushcher）告诉我们他的宇航员在外太空没有找到任何上帝的踪迹时，他仍然认为自己确实澄清了某个点。如果我们讲求实际而不虔诚，我们更愿意去下降，向下走向事实（get “down” to the facts）[或走向基本事实 (brass tacks)，这个押韵的俚语表达同样的意思]。我们说到潜意识心智时，会设想它位于意识心智的下方，虽然就我所知，只不过是一个空间比喻使其如此。我们将论点面对面排列起来，就像足球队一样：一边是这个，另一边是那个。

所有这些都为人熟知，但人们很少认为它们同一个人的文学教育有着直接的联系。不过，它们使我可以试着对文学在教育中的地位给出一个初步的回答。我认为文学教育同历史、哲学、社会科学、法律和神学这些通过言语建立的学科的关系，就如数学同物理科学的关系一样。纯粹的数学家的工作方式是建立基本原理和假设，并观察它们产生的东西，诗人或小说家的所作所为与之非常相似。伟大的数学天才通常在人生早期就做出了他们的最大成就，大多数伟大的抒情诗人也是如此。纯数学会进入物理科学并且为之赋予形式，我认为，文学的神话和意象也进入一切我们通过言语构建的结构并赋予它们以形式。

在文学中，我们同时拥有理论和实践。实践指的是各种类型的作家创作的文学产品，从天才作家到粗制滥造者，从由于精神的深切苦痛而写作到为了获得乐趣而写作。文学理论就是我说的批评，它是将文学同社会及文学本身具有的不同语境联合起来的活动，有些语境正处于我们的考察当中。批评的重头部分是教育，囊括从幼儿园到研究生院的各种层次。批评的小头部分是评论，或者将当代文学介绍给公众，而更小的但显然处于核心的部分是学术研究。这样看来，批评的重要性在过去的一个世纪间明显增加，原因很简单，人口中接受教育者的比例得到了提高。如果我们考虑任何过去的时段，就拿 18 世纪的英国来说吧，我们会想到作家、学者和艺术家，菲尔丁（Fielding）、约翰逊、荷加斯（Hogarth）、亚当·斯密（Adam Smith）及更多的人，还会想到那些受过教育、具有文化修养的受众，他们是这些人的作品不可或缺的条件。但是，所有这些作家、艺术家和他们的全体受众加在一起，只占当时英国总人口的极小一部分，我猜测，这一比重会少到如果有确切数据，那我们一定无法相信的程度。在寓言故事中乌龟赢了，这是一个抚慰人心的结局，但是兔子展现出飞快的速度，并且很少有疲惫的迹象。

在第三讲中，我尝试区分想象的世界与信仰和行动的世界。我说过，前者是各种可能性的视域，它扩大信仰的边界，使其更加宽容并有效。我现在尝试去勾勒文学教育的发展轨迹，直到学生们获得这一视域的某些内容，并且准备好将他所获带入社会当中为止。很显然，文学教育的目的不仅仅是欣赏文学，它更像是将想象性力量从文学传递给学生。学生对这一传递的回应也许是成为一名作家，但是绝大多数学生会利用它来做其他事情。在最后一讲中，我希望探讨受过教育的想象及它在社会中起到的作用。

第六讲 文才的感召

THE EDUCATED IMAGINATION

我这一讲的标题“文才的感召”源于一首绝妙的法语诗《阿纳巴斯》(*Anabase*),作者的笔名是圣·琼·佩斯(St. John Perse)。T. S. 艾略特将其翻译为英文。诗的主题是一个城市及一种新的文明的诞生，不言而喻，作为一名诗人，作者高度地意识到词语的运用在社会建构中的重要性。现在，我想要从严格的批评理论转向文学训练中更大也更为实际的层面。我不会认为自己首先是在对作家或者想成为作家的人们讲话：我讲话的对象是你们这些文学的消费者而不是生产者，是阅读文学并构成文学受众的人。你也许想以消费者的身份来了解在文学带来的愉悦感之外，它还能做什么、有什么用处。

我在最开始说过，没有什么能够比学会阅读、写作和讲话具有更明显的用处了，但是许多人，尤其是年轻的和缺乏经验的人，看不到为什么文学学习是其中的一个重要部分。在这一系列讲座中，我一直尝试在做的事情之一就是将想象的语言，即文学，同另外两种使用语言的方式区分开：普通言语和信息传递。你可能已经意识到，这三种使用语言的方式互相有很多重叠部分。文学采用想象的语言，文学学习应当训练并培养想象。但是，我们无时无刻不在运用想象：它在我们的对话和日常生活中无处不在，甚至在我们睡觉时产生梦境。因而，我们只能在一个训练糟糕的想象和一个经过良好训练的想象间进行选择，不论我们是否会阅读诗歌。

当你停下来思考这一点，你很快就会意识到，想象是我们全部社会生活的真正基础。我们拥有感觉，但它们只会影响我们和那些我们身边最近的人，并且感觉根本不可能直接地被语言所传达。我们拥有智力和推理能力，但是在日常生活中我们几乎从未有机会去单独运用智力。几乎在我们做的所有事情中，都是我们称为想象的情感和智力的组合在发挥作用。就拿文学批评中所谓的修辞作为例子吧，它指的是语言的社会性、公众性运用。同在文学中一样，在日常生活中，你说话的方式可能同说的内容一样重要。你采用的语言就像是你穿的衣服。情境就像身体一样应当被体面地遮盖起来。你可能有一些同语言相关的社会工作，比如演讲、布道、教书、向法官呈递诉讼、为一个吝啬鬼撰写讣告、报道一起谋杀案庭审、在公共建筑里欢迎访客或为广告撰写文案。在所有这些工作中，你的任务都不是讲出赤裸的真相：我们意识到，即使在真相当中，也有一些事情能说，有一些事情不能说。

社会赋予在正确的时机说正确的事情以巨大的重要性。“正确的事情”这个观念牵涉两个因素，一个是道德的，一个是审美的。它们互不可分，并且同等重要。某些说出的正确的事情可能只是部分真实，或者真实性少到实际上成了虚伪或错误的信息，至少在记录天使(Recording Angel)[1]看来是如此。这并不重要：在社会看来，在正确的时机说正确的事情要比说出全部真相，甚至哪怕说出一些真相更加重要。我们甚至有诽谤法来避免大家说出关于某些人的某些真相，除非是为了公共利益。所以，当萧伯纳评论道，说出真相的诱惑应当得到和说出谎言的诱惑同样谨慎的对待时，他指向了一个在真实和错误这一单纯的理智标准之外的社会标准，这一标准拥有最终的否决权，只有想象才能抓住它。在生活中，我们处处都能看到修辞性场合，只有想象能让我们从中脱身。假设我们在和某个人说话，比如一位心情不好的女士吧。我们立即就会碰到这个问题：她正在说的话代表了真实的意思，

1 记录天使，指记录每个人一生善恶的天使。

还是只不过是一种伪装的用来表达她情绪的方式呢？通常我们认为是后者，但会假装自己认为的是前者。这就是一个修辞问题，我们的决定是一个文学批评行为。修辞的重要性再次证明了想象利用语言来表达某种社会图景。修辞的社会图景就是人们身着正装的社会图景，人们互相在对方面前招摇，坚持认为他们就是所展现出来的样子，尽管这一礼貌而必要的假设并不总是正确。

我在上一讲说过，在日常生活的语言使用当中，我们都是糟糕的诗人。我们在报纸里阅读关于英国、俄罗斯、法国和印度的事情，这些国家都在做某事、想某事，就好像每个国家都是一个个体的人一样。我们当然知道，这种对语言的使用是一种修辞格，并且很可能是一种必要的修辞格，但是有些时候我们会被这样的修辞格所误导。或者我们会落入相反的习惯，将政府称作“他们”，忘记了他们是我们的公仆，认为“他们”是在实现他们自己的计划、追求他们自身的利益。这两种习惯都是错误使用的神话或者拟人化。

广告商在几年前突然间意识到想象在社会生活的中心地位。自此之后，他们就一直在做他们所谓的影像投射，并且聘用心理学家告诉他们什么才能最直接地唤起想象。我在上一讲中谈到了想象的幻觉因素，广告就是一个在现实生活中故意营造幻觉的例子，尽管这是一个非常明显的例子。我们对广告的反应实际上就是一种文学批评。我们不把它当真，也不应该这样：任何将每个广告内容都当真的人都会难以照管自己的事务。我最近路过两个少女，她们正看着某家电影院前面的屏幕，屏幕上说，走入影院，她们将体验一生只有一次的震撼，绝对不容错过。我听到她们两个当中有一个说："你认为这会好看吗？"这是正常心智的声音，它试图在幻象的世界找到自己的定位。我们可能将它看作理性的声音，但它实际上是履行本职工作的想象的声音。你记得我提到过反讽，即说一件事但意味着另一件事，反讽是作者采用的一种手法，通过让我们看到世界的全景，使想象脱离一个荒谬或沮丧的世界。为了在我们生存的社会里保护自己，我们必须像看待那个电影演示一样反讽地看待广告：它对于我们的意义与它所说的东西是两回事。这一过程的终点并不是拒绝所有广告，而是培养起我们自己的社会图景，使我们做到能够在所有提供给我们的东西中，选择我们想要的，而放弃其他的。我们做出的选择同我们的社会图景是相应的。

这一原则不仅适用于广告，还适用于社会生活的绝大部分层面。在竞选活动中，政客们向我们投射各种各样的形象并做出演讲，我们知道这些演讲至多不过是经过精心挑选的一部分真相。我们倾向于瞧不起对这些呼吁予以情绪性回应的人：我们感到他在耍孩子气，如果他放任自己冲动行事，我们会认为他是一个不负责任的公民。当然，一个纯粹的情绪性反应通常都包含极大的释放感。希特勒只通过像三岁小孩那样行事，就向德国展现了从自身的沮丧和悲痛中得到解脱的巨大释放感：当他想要某样东西，他就大发脾气，高声尖叫，搞得一团糟，直至得到这样东西为止。不过，这个例子说明的是情绪性反应的危险，以及对此保持警惕的正确性。所以说我们应当运用理性。但是，除了显而易见的蹩脚把戏外，所有对我们的呼吁都被精心地理性化了，可我们还是需要做出选择。负责任的公民真正运用的是他的想象，不是确切地相信任何人，而是给同他想在其中生活的社会图景最为切合或差异最小的人或政党投票。这样，想象在日常生活中的基本工作就是从我们不得不生活于此的社会中创造出一种我们想要生活的社会图景。显而易见，这个理想社会不可能是一个孤立的社会，所以我们需要弄明白如何在这两者间建立联系。

我们不得不生活于其中的社会，对我们来说就是20世纪的中产阶级社会，以它自身对文学的替代品展现了我们的想象。这是一个包括民俗、文学程式及与之相对应的东西的社会神话。这一神话的目的在于说服我们接受我们社会的标准和价值，并像我们所说的那样，去"适应"它。每个社会都会产生这样的神话：它是社会一致性的必要组成部分，如果要生活在这一社会当中，我们就必须接受神话的某些部分，哪怕是我们不相信的东西。一个社会的变化越缓慢，它的神话基础就越扎实。在中世纪，庇护和服从的神话似乎是一种永恒真理，永远都不会发生变化。但是它确实发生了变化，至少所有依存于某一社会结构的东西发生了变化。100年前，关于独立自主、努力工作、省吃俭用、未雨绸缪的神话看起来同样不朽，但是，再一次，任何基于薄弱的社会服务和金钱的稳定价值的东西不得不消逝。如果一个社会变化迅速（我们的社会显然如此），我们就必须看出来，所有社会神话中巨大的幻觉因素都不过是自我保护的问题。只要我们对语言的运用达到能够阅读、写作和交谈的程度，想象为我们做的第一件事情就是努力保护我们不掉入社会用以威胁我们的幻象之中。当然，幻象自身也产生于社会想象，但是它是想象的倒置形式。它所创造的是虚幻的想象（imaginary），我之前就说过，这和创造性的想象（imaginative）是不同的。

一旦我提出这个社会的主要神话元素，你们一定会对它感到很熟悉。我说过广告，它的虚幻之处在于它经常对想象提出扭曲的召唤：唤起势利态度和所谓的“地位象征”，充分利用人们对被社会嘲笑或被社会排除在外的恐惧，暗示存在着进入内圈、获得有利地位的途径，诸如此类。除此之外，还有对陈词滥调的运用，即现成的、提前炮制的套路，它们针对懒惰到不去思考思想的幻象的人。共产党人当然创造了一套陈词滥调的重型产业，但我们也有自己的这套产业。精明的商人，象牙塔，长发，组织化，和睦，空想。任何真正相信这些陈词滥调的人，只要他自己拿主意，同样可以在莫斯科阅读关于法西斯鬣狗和帝国主义侵略走狗的文章。

此外，人们还使用我们称为行话或者官话的东西，以及华盛顿或渥太华居民口中的联邦文体（federal prose），它由抽象和含混不清的词汇构成，避免任何直接或简单的陈述。官话的运用有一个特殊原因，使它成为社会神话的一部分。当人们想听起来公事公办、与个人无关时会采用这种方式写作，而他们之所以想显得非个人化，是因为他们希望显示出在他们操作下的社会机器运作良好，没有任何人为因素能够对其产生干扰，这个机器通常是一个政府机构。直接明了的语言总是会蕴含着力量，而官话的作者并不想要有力；他们希望得到慰藉和心安。我想起一篇关于政府文件分类的报告，它告诉我有些文件最终会被归到永久沉积一档。作者的意思是他会把它们扔掉。但是他并不想直说，指出某些人实际上在撕掉纸张并将它扔到垃圾篓；他想传达出某种不可见的完美的操作流程。在军事写作中我们会看到类似的委婉说法，我们读到的“杀伤炸弹”（anti-personnel bombs）其实意味着能够杀人的炸弹，这一说法用来避免给我们带来任何腿被扯断或头盖骨被炸开的不舒服的场景。由此，我们可以看到，旨在使社会显得更加得体的修辞的日常运用是怎样开始变得虚伪，并且掩盖了它所展现的超出社会安全层面的事实。

除此之外，还有关于“美好的旧日时光”的神话，在那个时候一切都更为简单休闲，人们同大自然更加亲近，从牛身上而不是从瓶子里得到牛奶。文学批评家把这些幻梦称为田园神话，因为它们对应着文学中同一类型的程式，这种程式创作关于幸福的牧羊人和挤奶女工的故事。很多人愿意设想他们童年时的社会是一个坚固一致的结构，这一结构现在正在分崩离析，因为世风日下，社会环境更加混乱，艺术对普通人来说更加费解，等等。前些日子近东的一位考古学家发掘出一块有 5000 年历史的铭文，上面写着“孩子们不再服从他们的父母了，世界末日很快就要到来”。从一个极端荡到另一个极端而无任何矛盾之感，这正是此类社会神话制造的特点。所以我们也有关于进步的神话，这类神话将加油站、郊区平房和田野上四车道高速公路的发展变得合理。进步神话在人们利用虚假历史时处处可见，比如说一个人是“新教徒”，意味着他是个假正经，或者说别人是“中世纪人”“维多利亚中期人”，意味着此人很老派。这些词汇的作用是传达一种印象，即所有过往历史都是一种糟糕的梦境，而处在启蒙时代的我们摆脱了这些梦境。

我在上一讲中提到了人们在思维当中用以弄清事情所采用的各式各样的图表和涂鸦。有些时候，它们会错误地理解事情。由这些图表得出的结论有可能是荒诞无稽的。但如果它本身是荒诞无稽的，那么它所基于的图表毋宁说是误导性的，而不是有益的。从这一图表得益最多的人是那些想变得粗鲁的人，我下面就要讲到这一点。

日常语言的很大作用在于记录我们对身外之事的反应。所有的反应都带有很大的自动或机械性的成分。如果我们只是为了说出社会上发生了什么，那么我们的反应就会变得几乎完全地机械化。这就是运用陈词滥调会将我们导向的方向。在一个飞速变化的社会中，许多使我们感到害怕或受到威胁的事情正在发生。在感到害怕或受到威胁时，那些除了接受他们的社会神话外别无他法的人们只能够尝试更紧密地聚在一起，这时他们的陈词滥调就变得异常激烈、歇斯底里了。当然，这并不会减少这些陈词滥调的机械化程度。关于为什么人们不应该对任何人使用此类表达，有许多与文学批评无关的原因。但是出于文学考量的原因是，这个表达是纯粹的反射作用：它就像狗的叫声一样，并非一个有意识的心智的产物。

文学学习，甚至语言学习，常常被看作一种风雅之好，指的是言谈的语法良好或者保持阅读习惯。我想尝试证明这一学科要更为严肃。我不知道对文学和语言的学习如何能够同言论自由相分割，我们都知道言论自由对我们的社会非常根本。在我看来，日常言语的领域是两种社会言语，即群氓的语言和自由社会的语言的战场。

自由不会和训练的匮乏沾边，它只会是训练的产物。你没有行动的自由，除非你学会走路，你没有弹钢琴的自由，除非多加练习。没有人具有言论自由的能力，除非他知道如何运用语言，而此类知识并不是一种天赋：它需要学习和练习。唯一的例外是那样一些人，他们在某些危急时刻展现出自己具有足够强大成熟的社会想象，面对群氓时可以挺身而出，而这恰好证明了这一准则。对我们中的大多数人，言论自由是有教养的言论，但是使言论有教养并不只是像下象棋一样是一种技巧。在达到一定程度后，你就不能继续培养你的言论了，除非你有要说的东西，而你要说的东西的基础就是你的社会图景。

我们不妨设想有些极为聪明的人终其一生都在追寻地位的象征，直到突然间他的世界崩溃了，他看不到任何继续下去的原因。他不再能够用金色凯迪拉克代表自己的成功、名誉或者性能力：现在，这在他看来只是荒谬的，还有一点可悲。心理医师或神职人员也不能够帮助他，因为他的思想状态既非病态，也没有罪：他在同他的天使摔跤[1]。他立即发现自己想要更多的教育，就像一个饥饿的人渴望食物一样。但是他需要一种特殊类型的教育。他的智力和情感可能都状态良好，长期以来饱受饥饿、以虚影为食的是他的想象，他格外渴望并需要的正是对想象的教育。

情况是这样，到目前为止，他只认识了一个社会，即他不得不生活于其间的社会，他在身边可见的20世纪中产阶级社会。也就是说，他生活的社会同他想要生活的社会是一致的。所以，他要做的只是适应这个社会，明白它如何运作，并且找到在其中领先的机会。

1 同他的天使摔跤，雅各与天使摔跤的故事，参见《圣经·创世记》。

这都无可指摘：我们所有人都这么做。但是这并不是我们做的全部事情。他开始意识到，如果他只能认识在自己身边的社会，他就只能成为这个社会的寄生虫，而不会超出这点。而任何心理健康的人都不愿意成为一个寄生虫：他需要感到自己能发挥一些作用，对世界能有所贡献，如果世界缺了他会变得更糟。然而，一旦这一观念进入脑海，我们生活的世界和我们希望生活的世界就变得不同了。前者在我们身边，后者则是我们内心的一个图景，它由想象孕育并培养，但足够逼真，让我们尝试使眼见的世界符合它的样式。这第二个世界就是我们想要生活的世界，但是“想要”一词在此呼吁的是我们内部某种非个人化、大公无私的东西。除非一个人意识到某个超越个人利益的理想世界的存在，否则他不可能进入一门职业：对医生而言，这意味着一个健康的世界，对律师而言是公正的世界，对社会工作者来说是和平的世界，对牧师来说是被拯救的世界，等等。

我并没有偏离自己的主题，至少我试着不要偏离主题。我的主题是受过教育的想象，教育会影响一整个人，而不只是他的某些部分。教育不只是训练头脑：

它也带来社会和道德的进步。既然我们已经发觉想象性的世界和我们身边的世界是不同的世界，并且想象性的世界更为重要，我们就需要更进一步。我们身边的世界看起来像真实世界，但是我们刚刚意识到这其中有很多幻象，诸如宣传活动、有倾向性的新闻、偏见及很多广告所利用的幻象。一方面，就像我们一直在说的那样，世界在飞速变化。想象在我们内部培养的理想世界看似是一个无中生有的梦，除了我们放入其中的真实性之外就没有任何真实性了。但事实并非如此。想象的世界是真实的世界，是隐藏在我们可见的人类社会之后的人类社会的真实形态。这是关于人类已经做过什么，并且可以再做什么的世界，是艺术和科学向我们揭示的世界。这是一个永远不会消逝的世界，我们据此建设 1942 年的加拿大，现在又在建设 1962 年的加拿大，将来会据此建设 1982 年大为不同的加拿大。

100 年前，维多利亚诗人兼批评家马修·阿诺德（Matthew Arnold）指出，我们生活在两种环境之中，一种是现实的社会环境，一种是理想的环境，而理想的环境只能来自我们教育中提示的一些东西。阿诺德将这一理想环境称为文化，并将文化定义为最好的思想和言语。文化一词对我们而言有着不同的意涵，而阿诺德的概念非常重要，我在此需要这个概念来解释。这样，我们就同时生活在社会环境和文化环境中，而只有文化环境，也就是我们在艺术和科学中学习的世界，能够提供当我们希望超越单纯的适应时所需要的标准和价值。

我在第一讲中谈到了心智的三个层次，我们现在看到这也是三种社会形式和三种使用词语的方式。第一个是普通经验和自我表达的层次。在这一层次上，我们运用词语，在对的时机说出对的话语，维持社会机制的运行，保全面子，维持自尊，保持社会形式的完整性。这并不是词语能做的最为高尚的事情，但是它是最基本的，它创造并且传播了一种社会神话，即由想象培养的一种言语的结构。因为我们发现，即便在这种情况下正确地使用词汇，我们也还需要运用想象，否则它们就会成为机械式的陈词滥调，离现实越来越远。我们所有人心中都有想要向群氓的方向漂移的部分，这种情况下我们都可以不假思索地说同样的事情。

这是由哲学、历史、科学、宗教和法律揭示的世界，它们都体现出一种更具组织性的使用语言的方式。我们在这些学科中获得知识和信息，但它们也是结构，是由人类心智中能够建筑和构造的力量从词语中得出的东西。这一力量就是想象，而这些学科是它的产物。当我们想到它们的内容时，它们是知识的实体；当我们想到它们的形式时，它们是神话，也就是说，想象性的言语结构。所以关于言语的使用的学科整体都围绕着这一建构性的力量，因为它在言语艺术即文学中发挥作用，而文学是神话本身得以研究和实验的实验室。

《圣经》中巴别塔（Tower of Babel）[1]的故事是组织起这一讲的特定的神话，在某种程度上也组织起了这一系列演讲。我们目前生活的文明是一个巨大的技术结构，一座几乎可以高达月球的摩天大楼。它看起来像是一个单一的世界范围的努力，但实际上是各种竞争的死结；它看起来令人赞叹，然而缺乏真正的人类尊严。尽管它是绝妙的机器，但我们知道它实际上是一个疯狂的朽坏的建筑，任何时候都可能在耳边倒

1 巴别塔，在《圣经·创世记》中，人类妄图构建一座通向上天的塔，上帝被这一僭越的行为触怒后，用不同的语言使人们分裂，阻碍彼此的沟通。

塌。神话告诉我们的是，巴别塔是人类想象的作品，它的主要元素是词语，使它崩溃的是语言的混乱。神话说，最初只有一种语言。如果有这样一种语言的话，它也不是英语、俄语、汉语或任何普通的先祖语言。它是人类本性的语言，使莎士比亚和普希金都成为真正的诗人，赋予林肯和甘地同一种社会图景。只有我们愿意花时间在闲暇时聆听，它才会发声，并且它只会以一种无法为恐慌所听到的低音发声。当我们看向我们倾斜的塔的边缘时，它所要告诉我们的是，我们并没有离天堂更近，现在是回到地面的时间了。

作者简介

诺思罗普·弗莱（Northrop Frye, 1912—1991），20 世纪至关重要的文学批评家、理论家，原型批评创始人。真正把文学批评当作一门独立的学科，对其自身进行比较系统的探讨，是从弗莱的《批评的解剖》开始的。另著有《世俗的经典》《神力的语言》等 30 余部著作。

弗莱是加拿大文学领域的杰出代表，1951 年入选加拿大皇家学会，1967 年任多伦多大学教授，曾获加拿大勋章、加拿大总督文学奖、多伦多文科终身成就奖等众多奖项。2000 年，加拿大政府为纪念弗莱，发行了弗莱主题邮票并设立了诺思罗普·弗莱国际艺术节。

译者简介

李雪菲，北京大学法语系学士学位，巴黎索邦大学文学硕士在读。

现代人小丛书

《培养想象》

– 诺思罗普 · 弗莱 _ 著

《画地为牢》

– 多丽丝 · 莱辛 _ 著

《技术的真相》

– 厄休拉 · M. 富兰克林 _ 著

《无意识的文明》

– 约翰 · 拉尔斯顿 · 索尔 _ 著

《本真性的伦理》

– 查尔斯 · 泰勒 _ 著

《偿还：债务和财富的阴暗面》

– 玛格丽特 · 阿特伍德 _ 著

《叙事的胜利：在大众文化的时代讲故事》

– 罗伯特 · 弗尔福德 著

《必要的幻觉：民主社会中的思想控制》

– 诺姆 · 乔姆斯基 _ 著

《作为意识形态的生物学：DNA 的原则》

–R. C. 列万廷 _ 著

《历史的回归：21 世纪的冲突、迁徙和地缘政治》

– 珍妮弗 · 韦尔什 _ 著

《效率崇拜》

– 贾尼丝 · 格罗斯 · 斯坦 _ 著

《设计自由》

– 斯塔福德 · 比尔 _ 著